輪廻の暦

YokO
HagiwaRa

JN033789

萩原葉子

P+D
BOOKS
小学館

目次

輪廻の暦

第一章

1

目が醒《さ》めると狭い部屋が広々と見えた。朝の陽差しが雨戸の隙間から帯状に差し込み、襖や蒲団に縞模様を描いている。

「一人になれた！」と、嫩《ふたば》は感慨を込めて思った。

昨日夫のアパートまで荷車に乗って一緒に行き、荷物の整理を手伝った後、夫は嫩を駅まで送って来た。「十年経ったら千夏のために一緒になろう」と、言った。ドアが閉まり電車が徐々にスピードを上げ、夫の身体が視界から消えた。ようやく一人になれたと喜んだものの、あまり実感が湧かなかった。

寝ながら部屋を見廻しても、起きて家の中を歩いても、夫は確かにいなかった。夫は六畳の和室に、嫩は居間兼食堂のソファベッドに、鍵を掛け千夏と寝ていた。

もう一度蒲団に入り、そっと身体を起こすと、背骨の辺りに重い疼きが走り、首筋も氷ったように固まっている。

天窓から差し込んだ日の光で、襖や壁に夫婦げんかの爪痕が生ま生ましく浮き上って見えていた。一人息子の千夏が生まれる前後のひとときは平和だったが、夫との溝は深まるばかりであった。子供のために我慢の一念で、自分を殺し続けた。離婚だけは阻止したいと嫩は努力したが、遂には狂気沙汰のけんかで成績も落ちてきた千夏のためにも、別れた方が良いと考えたのである。

「これで良かったのだ」と、嫩は自分に言った。

嫩が仮眠していた居間兼食堂の飾り台に、父洋之介の首のブロンズが置いてあり、夫婦げんかの一部始終を見られていた。舟越一郎の作品である。気のせいか今日のブロンズの顔は、ほっとした表情に見えた。嫩はブロンズの前で「もう夫はいないのだ。自由になった!」と、声を出して叫びたかった。

雨戸を一枚開けると、電線に雀が並び、身軽に飛んでいた。雀のように、解放された身体になったのだと、改めて思い、深呼吸をゆっくりした。

別れることを嫩が決心し、第三者を間に立てて手切金を用意して、夫が別れることを嫌々ながらも承知してくれるまで、一年余りもかかった。心身共の疲労のため、水分以外は入らず倒れる寸前だった。洗面所で顔を洗っていると、吐き気とめまいに襲われ、よろよろと柱や壁をつたってまた蒲団に戻った。横になると深い疲労感を覚えるのだった。張りつめていた昨日までの緊張の日々の反動で、気がゆるんだのか。

離婚が成立するまでに、何という大きなエネルギーを使ったことか。嫌いになった玩具には見向きもしない子供のように、別れないと主張する夫と遮二無二戦った。戦い疲れた兵士のように、嫩は身も心も使い果たしてそのまま、再び深い眠りに落ちた。

嫩が夫と知り合ったのは、父親内藤洋之介の死後二年めである。英文タイピストとしてT大の航空研究所へ入社した時の先輩であった。そのころ、父方の祖母勝《かつ》は、洋之介の死後、嫩に遺産を渡さないための方策を考えていた。洋之介の著作権はもとより、家屋、遺品などの財産となるものは洋之介の弟妹たちと手を組んで、嫩に与えないように法的に封じ、身一つで嫁に出すつもりだった。嫩に対する冷たい仕打ちの発端は、嫩の母である洋之介の妻、縞子の起した姦通事件であった。子供二人を置き去りにし、年下の学生と駆け落ちしたのである。そればかりか、恋に狂った挙句、不注意から嫩の妹の朋子を智恵遅れの子供にさせてしまい、突然二人の孫の世話をすることになった怒りを勝は嫩に向けた。婚期が来ると一日も早く嫁に出すことを考え、軍服を着て明日にも戦地へ行く人の写真などを見せて勧めた。

そんな折り、研究所の室長の紹介で三歳上の古賀を知り、近くの山へハイキングに行ったりしたあと結婚した。互いに結婚の相手を求めていたのである。古賀は前に結婚を申し込んだ女性に疵《きず》を受けた失敗談があると言った。嫩も暗い過去があることを「テス」と言う嫩の過去を暗示する小説を読ませ、話そうとしたのだが、決して聞こうとしない。それより二人で新しく出発しようと、言った。

嫩は、祖母には一銭の援助も受けないで、二人の貯金を合わせ、安く住めるところを捜し、貧しいながら神社での式まで一切を二人ですませ、新しい暮らしに入った。B29の飛来した日であった。しかし敗戦で航空研究所は閉鎖され、夫は進駐軍の通訳に転職した。夫は敗戦国の通訳という仕事ではプライドを傷つけられ、米兵の背の高さも気に入らなかった。不機嫌な様子で帰るなりシャーラップ！　と、ヒステリックに叫び、嫩に八つ当たりした。

用事の外は終日無言を通すか、シャーラップ！　と、いきなり暴力に出るか、夫婦らしい会話はめったになかった。嫩も、夫の身になって労わりの言葉をかけることもなく、心を閉ざしていた。

いつ暴力が始まるか、生まれた千夏も二人を代わる代わる見ては、びくびくする子供に育った。足掛け十年弱の幕切れであったが、千夏のためにも、これで良かったと、嫩は改めて思った。別れるその朝、夫は畳の上に地団駄を踏み、「俺が悪かった」と、男泣きに泣いてあやまったものの、あまりにも遅すぎ、一度入ったヒビは、元には戻らなかった。

毎日のいざこざの痛みを忘れようと、ミシンを踏んでみるが、下糸が吊れたり飛んだりで、心の傷が癒《い》えるまでは、時間がかかりそうだった。

身一つで祖母の勝に嫁に出された時、父親洋之介の書斎にあった嫩の愛読した本と、少しではあるが家具、それに足踏みミシンだけは持たせてくれたのが役立ち、結婚の翌日からペダルを踏んだ。娘時代に習った洋裁で戦中戦後のどん底の貧しい暮らしを助けてきたが、これからもミシンと編物で暮らしてゆく覚悟だった。洋之介の友人の三善琢治が、著作権を横取りした勝や親族達と数年間も戦ってくれ、半分の権利を与えられたものの、生活は苦しかった。必死でミシンを踏んでいると、暫《しばら》くは食卓の鍋をひっくり返す音、ストーブの石炭を床にまく音、嫩を平手打ちする音、シャーラップ！　の声、理由なく怒って英語が続発する耳ざわりの大声等が、重なり合った。

背丈の小さい夫は、丙種合格で徴兵の来なかったことを終戦後まで言い、嫩の靴はズックと決め、背の高い男とは、ご用聞きやアパートの住民でも会話させなかったが、いまはもうハイヒールも履けるのだと、思った。

「お前の家は金持の筈なのに」と、怒った。

大学へ入りたいと言う夫を、第二志望のA学院大夜間部へ入学させた。しかし当初は喜んだものの、帰宅すると新聞で顔を隠しながら夜食を食べ、そのまま口も利かずに眠った。嫩も、かたくなに背中を向けて寝た。

可哀想なのは千夏だった。夫婦げんかがいつ始まるかと、二人の顔を見てびくびくし、夜中に起きて「怖い！」と、泣いたり嫩にしがみついたりした。計り知れない夫の屈折は食事の時にも出て、無理して高い肉を出しても「夫の俺に、こんな堅いのを食わせるのは貧しい育ちの俺への当てつけか」と、言うのだった。しかし、今日からはもう夫はいない。

明日は「木馬館」の富子に預けてある千夏と、嫩の智恵遅れの妹を迎えに行く約束だった。結婚式のあと住んでいた貧しいアパートとも言えない集団住宅である。水場も便所もない狭い部屋に自分の子供が三人もいる富子の親切に甘えたのである。朋子はおとなしくしているだろうか。幸い千夏は夏休み中だったので、宿題や教科書を持たせ避難させた。夫は、千夏や朋子までけんかの巻きぞえにする怖れがあるからだった。

2

「暗い日曜……」と、嫩はダミアのような低い声で口ずさみ、一息つくと「このまま死んでしまいたい」と、言うのが癖になっていた。身体は元に戻っても心は癒えなかった。

「お母サン、死ぬの？」と、千夏が不安そうに言い、母親の顔を覗いている。翌日、二人を迎えに行き、無事に連れて帰ったのだった。家へ帰って、父親がいないことを分っていたので、質問はしなかった。

富子から聞いていたのであろう、「木馬館」中での大きな話題になっていた。朋子は大家のトメが預ってくれていた。二学期になって学校へ「子の氏の変更申立書」を提出したせいか、クラス・メートに新しい名字をからかわれるのか、泣いて帰ることもあったが、原因は言わなかった。千夏のためだけに、嫩が生ける屍《しかばね》として十年間を過ごしたことを、分ってくれる時が来るだろう。

夫がいなくなってみると、生き生きとうれしい反面、長い間の戦いのエネルギーを出し切った後の、墜落したアドバルーンのような無気力さに陥った。ガス栓を抜いて、居間に流せば死ねると考えたり、夫に脅かされた刃物で自分ののどを突けばなどと、思ったりもした。ここまで来た今、死んでは犬死であると、頭では考えても、気持はもう生きることに希望を向けるより、死んだ方が楽であると、落ち込んでしまっていた。

しかし、こうしてはいられないと、ミシンを踏んでは気持を取り直したものの、使い果たしたエネルギーが再び湧いてくるのに時間がかかった。ミシンを踏む足がむくみ、重く、スピードが出ない。「木馬館」という水場も無い四畳半一間の集団住宅で暮らした数年間、スーツ、ワイシャツ、ブラウス、スカート等々を始め、八百屋の子供服の裏返しから、魚屋のオーバーまで数え切れない枚数を縫った。新しい布からの裁断は早いが、古物の裏返しばかりで、洗濯から解き直しの手間が、かかった。

安いお礼で、むだなく生地を生かして作るので、「古賀さんの奥さんに頼むと、安くてうまい」と、喜ばれ定評があった。いまは近所の家の人に頼まれて縫っている。

朝、千夏を登校させたあと、嫌がる朋子に食器洗いをさせながら、嫩はすぐミシンの蓋を開け仕事にかかった。石炭代倹約のため、秋から冬へ入っても、まだストーブを入れなかった。爪に火足がむくんでも、気持が落ち込んでも、たまった仕事を片付けなくてはならなかった。

を点すような暮らしの中で、手切金のため六本木に借りたお金の返済と家の月賦と生活費を捻出しなくては、ならなかったのだ。

今日は朋子の機嫌が良く、食器洗いの音と、ミシンの音が、家の中にうまく調和していた。朋子は嫩より二歳下であるがG県の一般小学校へ一年遅れで入学出来たものの、卒業のときは最低の成績であった。「アンタのウチ母チャンいない。その上妹バカだよ」と、嫩は学校で虐《いじ》められた。下校の途中朋子と二人で母を捜しに遠くの山の方へ行ったこともあった。

静かな時と、興奮状態とが交互に来て、精神がいつも揺れている。朋子が「姉さんなんか嫌いだ」と、いきなり皿を放った。荒れると、文字通りのバカ力が出るのだ。台所と食堂兼居間の間にあるカウンターからは、皿の次に茶碗が飛んで来た。朋子を愛しめんどうをみているのは嫩なのに返って来るものは、こんな結果でしかないのか。

「ただいま!」と、千夏が帰って来ると、ランドセルのまま、

「お母サンに何するの!」と、朋子の皿放りをとめた。夫の真似をしてみたのだろう。

「バカヤロー」と、朋子は今度は、千夏の身体を羽がいじめにすると、小さな背中の上にまたがり、両手で押さえつけ、殴りかかった。

「朋子!」と、嫩は全身の力をふりしぼり、千夏を救出し、逃げ出させた。こういう時の力は怖ろしいほど強く、どこまで行くか分らない不気味さがある。

普通ならば、恋も出来るであろうし、結婚し子供も産めるのに朋子をこんな女にしてしまっ

たのは、母なのである。三歳の時、熱病にかかり、一週間の高熱と引きつけを起こした。父の不在中だったが、医者も呼ばず、手遅れとなったのだ。悪夢でうなされたのか次々と音程の狂った歌を唄う声が、いまでも脳裏に焼きついている。

3

「ごめん！」

暗くなった玄関の外で、男の人の声がさっきから聞こえていた。嫩は、ミシンを踏み、千夏は「オドマボンギリボンギリボンカラサキャオランド」と、五木の子守唄を、いつものように唄っていた。子供ながら悲しい唄い声であった。父親のいなくなったことを、決して口に出さないのは、いじらしい。嫩は人生に行き暮れ、迷える羊となってその日を送っていた。

日が暮れて、外はもう暗い。嫩はミシンを止めて聞き耳を立てると、たしかに玄関の外に誰かいる気配があった。

千夏も、唄をやめて嫩の方を見た。「しっ！」と、嫩は唇に指を当て、外を窺った。

「この家は、内藤洋之介の娘の住む家か」

今度は、たしかに、はっきりと、分った。呼び鈴がついているのに、声での訪問客は誰なのか？　離婚してから人は遠慮するのか、客は来なかった。

恐る恐る玄関脇の小窓から覗いてみると、背が高く、彫りの深い顔立ちで、どこかで見たような風貌の男だった。

「早く開けろ！」

「俺は、岸上太郎だ」

玄関を敲《たた》く音は、次第に強くなった。岸上太郎の名は洋之介からも聞いていて、写真でも見ていたので、嫩はそっとドアを開けた。

大きな男は、酒が入っているらしく、赤い顔で足元も少しふらふらしていた。

「あなたが娘か。詩人内藤洋之介に似ている顔だ」

「……」

「上がらせてもらう」と、言いながらもう三和土《たたき》に入って来た。

千夏は、心配そうにしている。

今日は朋子はおとなしく、自分の部屋に入っていた。

「失礼だが……、あなたの離婚のことは知っている。イヤ！　それはどうでもよい」

と、ちょっと恥ずかしそうに言い「酒は、ありませんか」と、小さく言った。嫩はびっくりした。お酒など一滴もないし、料理用の酒もなかった。洋之介は毎晩かなり飲んだのに、嫩は理由もなくアルコール嫌いであった。「洋之介の娘の家なのに、アルコールもないのか」と、言った。

娘の頃、父親のところへ来る客の中に、この手の変わり者はよくあることであっても、初めて来てアルコールを要求する客はいなかった。それより、用件は何か、早く切り出してほしかった。

「今度、同人雑誌『若い花』を創刊する。それで君を誘いに来た」と、言った。さっきはあなただったが、今度は君になった。

「詩など書けません！」と、とっさに言った。詩を書けと言ったのでもないのに。嫩の頭はパニックになった。

嫩は「詩」というものに、アルコール以上のアレルギーを持っていた。母と別れて、G県の小学校に転校した時、担任の先生が新入生紹介をして「この生徒の父親は詩人だから詩と国語がうまいはずです。皆も負けないように」と、言った。

父親が詩人だから、詩が書けて成績が良くなければならないというプレッシャーは、子供ながらに大きかった。

嫩は、嫌な顔していたのか「軽いエッセイや小説でも。いや、そんなことより洋之介の思い出を書いてみなさい」と、太郎は言った。

「……」

「ぼくも、実は太宰修の思い出を書く予定でいる」と、言った。

数日前、A週刊誌で文豪と言われる小説家森厳の長女で、森舞子という人が、父親の思い出を書いた本でE賞をもらった記事が出ていて、年齢は嫩より二十歳近くも上であることが、記憶に新しかった。何だか理由は分らないが、勇気づけられ、「暗い日曜」を口ずさむ気持から、明るいものが見えた気がしたのだった。

「君なら書ける」と、岸上太郎は真面目な顔で言った。必ず書いてみなさいと、繰り返して言った。変った人だが、鷹のように気高く、威厳があった。

岸上太郎が帰ったあと、嫩は急に目が廻ってふるえが来て起きていられなくなった。ソファベッドを倒して、横になると、身体の力がぐったりと抜けてしまい、頭がぼうっとして眠くなった。離婚後の疲れで力がぬけ眠くなった時に似ていた。あれからもう二年も経っていたので、元気になっていた筈なのに。

頭の中は、ぐるぐると取り留めのない世界が浮き上り、消えていく。何時間経ったのか、湯気が立つほどの汗をかいて、ぐっしょりと濡れたソファベッドに寝ていた。千夏が飛んで来て、「さっきの人誰なの」と、心配していたが、説明する気力もなかった。

岸上太郎が来たことでショックが大きく、自分の中のサイクルが変ったのに、ついてゆけないためなのか。君なら書けると言われたことが、初めて会った人の無責任な言葉であるかも知れないのに、胸に刺さった刃物となったのだ。洋之介の娘と言われるだけで、名前で呼ばれる事もなく一生を終わりたくない、という思いが形にこそならないが、嫩の脳裏に、いつもひそんでいた。突然突つかれた蜂の巣のように、血が騒いだのか。

「あっ!」と、千夏が叫んだ。気がつくと嫩の身体のあちこちに赤い斑点が浮いていた。胸元から背中まで腫れ物が出来てかゆい。疲労の時に、時々起こるジンマシンだった。発熱を伴い、ふるえが来て止まらないのだった。千夏が自転車で往診を頼みに行ってくれた。こんな時役に立つ子供に成長していた。嫩は、汗で濡れた衣類を処分し、蒲団を取り替えて待った。医者は過労と言い、注射を打つと、熱はすぐ下がり、嘘のように元に戻った。数日は寝ているよう言われたが、翌日はもうベッドを戻してまたミシンを踏んだ。

嫩は、夫のいる時も、よく熱を出したが、夫が「俺は病人は嫌いだ」と、蒲団を蹴って怒り高熱の病人を廊下へ追い出した。アパートの住人が自転車で医者を呼びに走ってくれると、「シャーラップ!」と、怒った。

自由になったので、安心して横になっていられるのに、太郎の言葉が落ち着きを失わせていた。

ミシンを踏むのは好きであるが、どこかに空虚感が伴い、暗い鼻唄が出てしまったり、ガス管など、ろくなことを考えなかった。「こうしてはいられない」の思いが、つきまとっていた。思えば、自分は何をどう生きて来たのか。母代わりとなった祖母に、居候、犬畜生奴と虐待され、極限まで物質的、精神的な辱めを受け、結婚すればまた夫を愛せなくて苦しめられた。このまま死ねば、本当の犬死であると、思っていた。

嫩は大学ノートに、自分の今日までの節目を一つずつメモした。母の恋、母との別れ、そしてめったになかったが、洋之介の晩酌等の折々のふれ合いで思いつくことを脈絡もなしに書くと、なんと忽《たちま》ちノート一杯になった。作文は嫌いではなく、学校時代、賞《ほ》められたこともあった。

子供の時から書斎で机に向かう父親の姿を見て育ったので、書くということには、抵抗はなかった。女学校の授業中、短歌や散文詩のようなものを書いて先生に見つかり、叱られたこともあった。洋之介の本棚の小説はすべて読み、小説だけが唯一の心を開ける友達であった。

4

嫩の一日は、忙しくなった。同人誌「若い花」の第一回目の勉強会はあと二ヶ月後であった。何としても、書いて持って行きたいと思った。

昼間は、忙しいので、夕食の後、千夏の勉強を見てから、続けて自分の勉強を始めた。アパートにいた頃、夫を卒業させ、次に自分も大学を受ける予定で、定時制高校へ一年通った。だが、長い間の机離れで、集中力に欠け頭の中はまとまらなかった。あの時のように机に座っても、まるで頭が動かない。

しかも、学校の勉強は教科書という決まった一定の方向づけがあるが、文章は自分の頭の中から生み出さなくてはならない。書きたいことは、大学ノート一杯あるのに、何をどう書けば良いのか、分らなかった。海底でからみ合った糸の糸口を手さぐりで見つけるようだった。考えているうち、眠くなってしまい、思考力が欠けてしまう。

ミシンのように、踏めばすぐ動き出し、形になって出来上ってくれるのであればと、思っても、文章の運び方は形がなく目に見えない。見えるのは、ナメクジのような悪筆と消しゴムのカスである。

居間兼食堂のテーブルを机代わりに、藁《わら》半紙をひろげた。洋之介は原稿用紙を使って書いていたが、まだ作文にもならない文章では、藁半紙が合うと、思ったのである。

小学校三年の夏休みだった。母の縞子と別れる夏の朝、目が醒めると家の中はダンボールだらけで、母に朋子と揃いのよそ行きの白いボイルのワンピースを着せられた。

「今日からお母さんはいないの。G県のおばあさまをお母さんと思うのよ」と、言った。訳が分らないので、泣きべそをかいていると、

「お母さまは、あとから行く。髪がのびたら」と、言った。当時は珍しいオカッパと言われた断髪に切り、尋ねて来た祖母に叱られたことを理由にしたのである。

人力車が玄関の前に来て、父、嫩、朋子の三人は乗り、母は涙を浮かべ手を振ったが、並んで手を振っていたのは、大学生の恋人だった。

あの時の悲しい記憶を、いつかは書きたいと思っていたのである。

いまこそ書ける時が来たというのにペンが走ってくれない。もう千夏も寝たので、バーゲン

で買ったインスタントコーヒーで頭を冴えさせようと、台所へ行くとカウンターの下で朋子が電気も点けずにしゃがんでいた。スイッチを押し電気を点けると、

「やぁーい。作文なんか書いて！」と、朋子が反抗に出た。

「エンピツの音が、うるさくて眠れないよ」と、怒っている。朋子の部屋は、狭いながらも玄関の奥にあるので、聞こえる筈もないのに、わざと玄関から出て外へ廻り、台所の扉から入って来たのだ。

　素直な時と、荒々しく嫩にかかって来る時との差が交互に出ていた。朋子の気持をそらせるために、

「人力車に乗ったことを覚えている？」と、聞いてみた。

「いつ？」と、ふてくされて言った。

「子供の時、お母さんと別れる時」

「……」

「お父さんと三人で」

「知らない。そんなこと」

「お母さんと別れた日のこと覚えてないの」と、言ってみた。

「覚えてなんか、いるもんか！」危うくカウンターから皿を飛ばす気配になった。

　こういう時は、そっとしておくよりなかった。

「ここへ来るな!」と、言う。別れた夫とそっくりなことをするのだった。

「来るなと言ってるでしょ」と、興奮寸前の様相である。昔祖母の前で言って褒美のお八つをもらえた、「ヤーイ。お姉なんかシコメだよ」と、言った。

「立てばシャチホコ、座ればカエル。歩く姿はオランウータン」

朋子は、唱いながら、角砂糖をかじっている。

母なし子の居候と、邪魔にされ家庭内暴力を受けた姉をからかう習慣が、いまでもしっかり身についている。

祖母は「立てば芍薬、座れば牡丹、歩く姿は百合の花」と、自分の娘を賞めそやし、嫩の醜女《しこめ》ぶりを、朋子の唱った文句に替えて教えたのだった。

「ヤーイ、シコメ、衣紋掛けのブス、義兄《おにい》さんがあたしの方が美人だと言ったよ」

図に乗っていても、叱ると更に興奮するので、我慢するよりなかった。

コーヒーは缶が空で貴重な角砂糖もない。気がつくと、妹のしゃがんでいる床は、インスタントコーヒーの粉と角砂糖のカケラで一杯である。千夏が赤ん坊の時、やっと手に入った配給の粉ミルクを夜半に全部飲んでしまい、困らされたが、けじめのないこともやはり病気だった。

朋子を叱らないで、自分の部屋に帰らせると、散乱したものを掃除し、再び藁半紙へ向かい、エンピツを走らせた。

気持を落ち着けて、書くよりほか手だてがないのだった。朋子に負けてなどいられなかった。

朋子には作文と言われたが、同人会で賞められるとまでいかなくても、せめて聞くに耐える文章を書かなくてはと、思った。皆の前で一人ずつ自分の書いた文を読むのだと、岸上太郎は言った。

嫩は、教師の資格をとるため、定時制高校から夜間大学へ入ったものの、不得手の文法や国文ばかりで困り、好きな科目は、体育だけだった。

そのころ太宰修の入水自殺ニュースで持ちきりで、文学青年達は、授業そっちのけで議論に花を咲かせたが、嫩は、そんな時、仲間と議論するよりも一人で小説を読んでいた。無意識に近いがいつかは小説を書いてみたいという思いもあった。

洋之介の思い出は、大学ノート一冊分のメモがあるので、文章の糸口が見つかればあとは、ほぐれてゆくだろうと思った。

「さあ、書くぞ」と、声に出して自分を勇気づけ、一行書き、二行消しては進み、カタツムリの歩みのように、少しずつ書き進むのであった。

5

今日は第一回同人会の集まりに原稿を持って行く日であった。家事は最小限に手をぬき、千夏を学校へ送り出すと、食卓を机に早変りさせ、ミシンはひとまず後に廻して最後の仕上げを書いた。夕食を早めに済ませ、千夏に留守を言い聞かせ、朋子にあとを言い含めて家を出た。いつも買物に歩く道が、今日は違って見えた。大きく燃えるような美しい夕日が西の空へ沈んでゆくところだった。思わず立ち止まり、胸のトキメキを押さえた。

おおげさであるが戦場へ向かう兵士のようだと、自分の緊張を思い、その反面、原稿をドブへ捨ててしまいたいほど恥ずかしく、自信がない。書いてきた原稿は、自分で読むことになっていると、岸上太郎は言ったが、人前で読むなど嫩には出来ない。それを思うと俄《にわ》かに暗い気分になるのだった。U駅の踏切りを渡って左へ行くと、「岸上太郎」と、自筆の表札の出ている家があった。原稿をポストへ入れて逃げ帰るか、思い切って戸を敲くか気持が揺れていたが、表札を見たとき、度胸が据わり、進むのだと思った。文学者らしい個性のある字で、何となく懐しかった。

玄関に奥さんが迎えに来て、「待ってましたよ」と、言った。

岸上太郎を中心に、七人くらいの男ばかりが、一升瓶を中央に置いて、車座になっていた。入口の隅で小さくなって隠れていると、岸上太郎に「こっちへ来なさい」と、皆の前に引っ張り出された。「洋之介の娘を紹介する」と言って皆に紹介し、同人の一人ずつの名前を今度は嫩に紹介した。恐そうな男達ばかりがコップで酒を飲んで議論している。勉強会と思って来たのに、不得手の議論づめの酒宴であった。アルコールの臭いでむせ返っていた。

洋之介の娘と紹介されたのは、うれしくなかったが、元古賀夫人と呼ばれれば、尚更嫌であるし、つまり嫩には自分の存在を示す名前がないのだった。

「木馬館」に住んでいた時、女は皆「奥さん」と、呼ばれたが、奥さんよりはまだ良かった。

「洋之介の娘！　早く出せよ」と、一番年長で意地悪そうな男が言った。まるで刑事が泥を吐かせるようだと、思った。

「お前、態度でかいぞ」と、太郎がたしなめたので、男は、勢いを崩して頭をかいた。

「書けましたか」と、岸上太郎は例の含羞を見せた顔で言った。

「……」

「見せなさい。わたしに」と、手を出したので、思い切って渡すと、眼鏡をかけて原稿を広げて見た。「藁半紙じゃないか」と、色黒の男がバカにしたように言った。原稿用紙は縦二十字横二十行であることは洋之介の原稿用紙で知っていたので、線を引いて書いた。

岸上太郎は、声を出して、「人力車の別れ、内藤嫩」と、題と名前を読み、つづけて文章に入った。男達はコップを下に置いて、静かになった。

身も氷る思いで、緊張し、やめてもらいたかった。初めて書いた文章を人前に曝《さら》け出すなど、太郎の手から捥《も》ぎ取って、千切ってしまいたかった。長い時間に思えたが、七枚分を読む数分の時間が、やっと終わった。嫩は真っ赤になって、顔を手で覆っていた。

「いいじゃないですか」と、太郎が言った。静かさが止り、ざわついた中から「どんなひでぇ文章が出るかと思ったが、思ったより良いよ」と、さっきの年輩の意地悪そうな男が言った。

「ぼくは鳥肌立ちました」と、こんな酒宴にふさわしくないことを一番若い青年が言った。

「オーバーは止せ、広太くん。たかだか藁半紙の文章だよ」と、色黒の男は笑った。

「書く紙より中身が勝負です」と、広太という青年がまた言った。

「青二才のくせに議論が多いよ。屁理屈やめて、君も書けよ。これくらい書けるだろう」

「よせ、よせ」と、太郎が言った。

「洋之介の血が感じられる。うん、初めての文章で分るよ。だめなのはもう、初めからダメだ」

「そんなことはない」と、年輩の男と色黒の男は、互いに批評し合い、他の同人達も加わり互いの作品を極論まで罵倒し合い、大声の議論が広がった。アルコールは進み、一升瓶は何本も空になった。

「飾らないからいいんじゃないかな。この調子で次も書けば」と、太郎が言った。

大議論の中で酒宴は再開し、男達のすさまじい飲みぶりと悪態のつき合いがひどくなった。

だが不思議に嫩には、ひどい罵倒もなく、とばっちりもこなかった。家に千夏を残して来たので、柱時計を見て気にしていると、

「そろそろ帰りませんか」と、さっき賞めてくれた青年が、いつの間にか後ろに来て言った。

早く帰りたかったので、ちょうど良いタイミングだった。皆に分らないように、こっそりと抜け出た方がいいと青年が言い、奥さんに眴《めくばせ》すると先に立って誘導してくれた。並んで歩くと、

広太は背が高く、横顔の整った顔立ちでどこか洋之介に似ていた。上弦の形良い月が彼に照明を当てているかのようだった。行きは真っ赤な夕陽が沈むところで、帰りはくっきりと月が出ているのは、いつか見た芝居の舞台のようだと思った。

「お家へ伺っていいですか?」と、駅へ着くと言った。人なつこい人であると思った。

岸上太郎の家と嫩の家は、駅をはさんで反対側なので、ここで別れることになるが、わずかでも一緒の勉強時間を持ったことで、親しい友人のように思えて、唐突な気はしなかった。

「ぼくのアパートは、T学園前なんですが、まだ早いので」

「どうぞ来て下さい」

「あつかましいですね。ぼくやめます」と、思い返して小銭を出して窓口に顔を向けた。惜しい人と別れたくないいような気がしたので、

「来て下さい。かまいません」と、嫩は言った。

駅の階段を並んで下りながら「学生さんですか」と、聞くと「会社づとめです」と、答え

「あなたのような素直な文章、ぼくも書きたいけど理屈っぽくなってしまうんです」と、言った。

嫩はこんな若い人を見ると、文章のことより、自分の年齢を思った。三十五歳の終わりで、もう中年であり、それに離婚歴もある。背が高い人特有の、少し前へこごませた背中の線が美しく、たぶん女の人など知らないと、思えるほど初々しい青年である。

初めて会ったのに、賞めてくれた上に帰りを誘ってくれ、家にまでついて来るとは、何というもの好きな人かと思った。夫に監視されていたので、男の人と話したり歩いたりするなど一度もなかったが、一度でもよいからこんな背の高い人と歩いてみたかった。

「ぼく、父親と二人なんです。母親はずっと前死にました。ただのサラリーマンの一人息子です」と、横顔を見せたまま言った。

「学生さんかと思いました」と、また言った。

「ぼく、これでも二十六歳です」

「若いですね……」

「あなたこそ若い。年は聞きませんけど、ぼくと同じくらいか、少し上くらいでしょ」

「うれしいわ、お世辞でも」

家に帰ると、先に寝ていると思った千夏が、飛んで来て「遅いよぉ」と、言った。朋子は寝たようだった。

あなたに子供がいたのですかと、驚いてみせた後、広太は千夏を相手に遊んでくれた。アルコールがないので、紅茶を入れたり、クッキーを捜していると、外で男達の声が聞こえた。

「開けろ！」台所の戸口でわめく声は、さっきの同人達だった。

「開けなければ、蹴破るぞ」

「内藤ふたば、いるのか！」と、初めて名前で呼んだ。

三人は、思わず顔を見合わせた。千夏が野球のバットを持って来た。

「ぼくにまかせて下さい」と、広太は台所から外へ出た。岸上家をそっと二人が出たあと、誰かついて来たのか、それとも勘で家へ来たのか？

台所の前は道路である。まだ舗装されてないので、石ころがごろごろあり、投げられでもすれば大変だった。

男達の容赦ない大声が、庭のテラスの方へ移った。柴折戸《しおりど》を開けて、水場で水を飲んでいるらしい。仕方なく雨戸を開けると、数人の男達が、ぶら下げている酒の瓶を、口飲みで廻し飲みしたり、顔を洗ったりしていた。

「すみません」と、広太は言った。皆を帰すことが出来なかったからである。手拭とコップを持って行くと「ウツワあっても中身なしか」「ケチケチするなよ」と、男達はふらふらの足取りで、テラスを歩いている。

今夜は、文章も賞められたし、広太にもてたこともあるし、あるならばアルコールを出してもよいと思った。

「酒屋へ買いに行け！」と、色黒の恐い顔の男が嫩に言った。

「ぼくが行きます」と、広太が言った。

酒屋はギリギリで多分閉まっている時間だったが、嫩は、日本酒とオツマミの買える代金を渡して、行ってもらった。二人で家に帰る時、店の前を通ったので、場所を覚えているらしかった。

「女王を一人占めする色男、早く行け！」と、岸上太郎が残り少ない瓶から、口飲みにして言った。

千夏は、せっかく遊んでもらえたのに、広太を取られてしまい、不機嫌な顔で、バットを持って、岸上太郎の前に立った。この間も突然家に来て、酒は無いかと言って、母親を困らせた。千夏から見れば心配で、為体《えたい》の知れない男なのである。

「坊や、大丈夫だ」と、色黒の男はやさしい声で言った。

「野球やろうか！」と、最初に「洋之介の娘、早く出せよ」と、言った年輩の男が言った。

「いやだ」と、千夏は言った。

「ハハが心配なんだね」と、岸上太郎は言った。岸上家では、奥さんや娘に父をチチ、母をハハと呼ばせ、自分もチチと言っていることは、さっき隣りの部屋の家族の声で分った。

広太が一升瓶を下げて帰って来たので、男達は、ハイエナのように集まり、各自コップになみなみと酒を注ぎ、

「『若い花』のため乾杯だ！」と、コップを高く上げ、カチンと合わせた。乾杯など初めてなので、あわてて水を注ぎ、形だけ真似した。

「今夜の女王ここへ来て飲みなさい」と、岸上は言った。

「もの書く人間がお嬢さんじゃだめだ。水なんか飲んでは！　一升くらいぐっと飲んで、ぐで

んぐでんになってみなくては！　人生分らんぞ。文章書くことは恥かくことなんだから」

「そうだとも。皆で飲ませちまおうよ」と、男達は嫩の頭を押さえ、口元にコップを押しつけた。アルコールくさい臭いが鼻につんと来た。

「ダメだ！」と、千夏が男の手を押して言った。

「ハハが心配なんだね」と、岸上太郎が優しく言った。

6

朝、千夏を送り出すと、台所の戸口から入れ違いに、昨夜《ゆうべ》の広太が「すみません」と、顔を出した。

びっくりしている嫩に「決して他意あってのことじゃありません」と、すまなそうにしている。見ると、顔やシャツ、ズボンが黒く汚れ、いたずら坊やが母親に叱られるのを、怖れるような表情だった。

「テラスへ行って洗わせてもらって、よろしいですか?」と、言った。昨夜、同人の男達が、柴折戸から庭へ入りテラスの蛇口の水を酒の空き瓶に入れたり、飲んだりしたので、覚えていたのか。井戸水を台所のポンプで汲んで、水場のタンクに貯水しておく方式であるが、水場では蛇口から直接出た。

事情はあとで聞くことにして、ともかく洗ってくるように言うと、うれしそうな顔で庭に廻った。

酔っ払った男達が引き揚げて行ったのは、終電すれすれの時間で、間に合わない人は、太郎の家へ泊めてもらうなどと言い、三々五々酔っぱらった足取りで帰り、最後に一人残った男と一緒に広太は帰った。

広太は井戸端で恥ずかしそうに、顔を洗い、

「最後の男がちゃんと帰るのを見届けないと、戻って来るのではないかと心配で帰れなかった。やっとタクシーに乗るのを見届けると自分の電車がなくなり、縁の下にこっそり入って一晩過ごそうかと思って戻って来たところ、奥に物置があったので、炭俵の中へ入って寝ました」と、笑っている。夫婦げんかが始まると、千夏が朋子の手を引き炭俵の中へかくれに行き、静かになると黒い顔で出て来たものである。

石鹸で汚れたところを洗ってから、家の中へ入ってもらい、コーヒーをすすめると、

「困りますね。あの連中は」と、言った。

「……」

「『洋之介の娘の家へ泊まるぞ』なんて、言ってたんですから」と、広太は言った。蚊や虫のいる物置の炭俵に入っての仮眠なのに、生き生きと全身輝いている。

コーヒーと、焼けたトーストを美味しそうに食べると、会社へ行かなくてはと、時計を見た。

昨夜、広太は皆に気を使って働き、自分は飲んだり食べたりしていなかった。変則な一夜でエネルギーを使い、お腹も空いたであろうと、残り御飯で急いでチャーハンを作ると、

「感激だなあ」と、少年みたいにオーバーに言い、

「いただきます」と、素直に食べた。

こんな素直な人を夫に見せたいと思った。夫はナベごとひっくり返すのが常で暗い食卓だった。

「ぼく、実は、知っていました。ご主人と別れられたこと」と、言った。

「それで厚かましく、伺ってしまいました」

「……」

「あの原稿とても良かった。子供の時母親と別れるなんて苦労したんですね。ぼくなんか平凡な家に可愛がられて育ったから、書きたくても書くことないんです」

広太は美男だがどこか陰があり、生い立ちの不幸や暗さを詩や小説に書くタイプに見える。

「あ！　もう時間だ。食べ逃げですみません」と、帰り支度を始めた。嫩は、お礼を言って台所の戸口を開けると、外に朋子が立っていた。

「お腹ぺこぺこだ」と、怒っている。

戸口の隙間から覗いていたのである。上下二枚戸になっていて、出入りは下の扉からしている。朋子の覗き癖は子供の時からであった。

「妹さんですね。お邪魔しております」と、軽く頭を下げた。妹のことも知っていた様子である。多分岸上太郎が話したのであろう。文芸評論家の太郎は洋之介と知り合いだったので嫩の娘時代、家にも来たことがあるのを思い出していた。

「また来させて下さい」と、来た時と同じように下の扉から背の高い頭をぶつけそうになりながら、出て行った。

上体を折って出て行く姿は、絵になると思った。背丈にこだわる夫から解放され、今は安心して広太とも話が出来て、うれしいと思った。

それにしても、炭俵の中で一夜を明かすという発想に嫩はついてゆけず、驚いた。

今日まで男の人にもてたり、ちやほやされたことは一度も無かっただけに、戸惑った。

「誰なのよぉ、あの男。姉さん好きなんだ」と、朋子が言った。男と女のことには敏感で気の廻りが早く、道で男と女が接吻していたとか、抱き合っていたとか、本当か嘘か、しつこく言うのである。

「ねえ、誰なのよぉ。あの男の人」と、しつこいので相手にしないでいると、朋子はフライパンに残ったチャーハンを傍目もふらずに食べた。

「誰だか、姉さんにも分らない」と、言ってみた。

7

嫩は同人達の荒々しい来訪にも少しずつ馴れ、時には同人会の場所として居間兼食堂を提供することも出来、アルコールも少しは出せるようになった。簡単なおつまみを作れるようにもなっていた。千夏もすっかり安心して迎え、手伝ってくれた。

いつものように千夏を学校へ出した後、ミシンをあと廻しにして書いた。賞められたので熱が入ったのである。ミシンにかける時間が惜しく、太宰修の小説のようにトカトントンの音が背後から聞えるので、何を置いても書きたかった。「お前は他にすることがある」と、声が聞こえるのだ。第一号は無事発行され、嫩の原稿も掲載されたので、今は第二号の原稿を書いていた。広太に賞められ同人達の批評も悪くなく、特別扱いにしてくれたので、自信とまでいかないが、力みたいなものが湧いて、消しゴムのカスも少なくなっていた。

郵便ポストのポトンという音が聞こえ、自転車の音がした。台所の戸口のすぐ前がポストなのである。広太からの手紙が入っていた。

次の日曜日、雨でなければT川原へ釣りに行かないかと、いう誘いである。炭俵の一件から、一週間めにお詫びにと寿司を持って尋ねて来て、千夏を喜ばせ、帰りに本棚のモーパッサン、ヘッセ、ジイドや洋之介の親友の室尾燦星や友人の芥田川の小説など、嫩が女学生時代に夢中で読んだ小説を読んでみたいと言った。家を追い出される時、持って出たのだ。広太はすぐ返すから貸して下さいと、持って行き、返すことを理由に、時々来るようになり、来る度に折詰の寿司を買って来て、千夏を喜ばせた。嫩は広太の来訪を心待ちにするようになり、気がつくと年下なのに逆に頼ってもいた。書けない時や、気持の落ち込む時なども励まされていたのである。

あなたが来てくれなくても、ぼくはずっと待ってますと、最後に書いてあった。

広太の積極的な行動に、嫩の気持の中に甘く心地良いものが、揺れ動いていたが、いつかこれが本当の恋というものに発展して行くような予感もあった。年下の男性でも、もう立派な男であり、嫩の中の女の部分を引き出してくれるのだ。男性なのに肌理《きめ》の細かく色白の美男で、色黒の中年女で子供もいる嫩にはもったいないと、思った。

離婚後、好きと思う人もいたが、恋愛めいたトキメキを覚えたこともなかった。

晴れならば素直に釣りに行ってみようと思い、その日の来るのを心待ちにした。たまには午前中から外へ出て日光に当たるのも悪くない。根を詰めっぱなしの毎日なので、気持を入れ替えてみようと、思った。

「どこへいくの」と、千夏に言われ、「買物」と、嘘をついてしまった。晴天の日曜日なのに連れて行かないで、広太と釣りなどと、言えない疚《やま》しさがあった。

広太は、約束のT学園前駅の改札で待っていた。二本の釣り竿《ざお》をかつぎ、魚を入れるビクを持ち、他にも風呂敷包みを持っている。

「来てくれると思いました。自信あったんです」と、言った。

「今日はぼくに任せて下さい」と、先に歩き出した。

目指すT川原に着くまで、第二号の文章は互いにうまく書き進んでいるかという話や、同人達の酒癖の話などした。広太は今度、詩ではなく小説を出すと言った。川幅が広々として向こう岸まで川辺の美しい景色が続き、白い水鳥が二羽並んで気分良さそうに泳いでいる。こんなところへ千夏を連れて来てやれば、喜ぶだろうと思った。

広太は気軽なポロシャツに昔風の裾のゆるいズボンを穿《は》き、髪はポマードで耳の後ろへきちんと固め、いつもよりおしゃれな出で立ちである。

「見て下さい！」と、広太は先に走って行き、少年みたいに、はしゃいでいる。

「バーベキューです。釣れた魚をここで焼くんです」と、白い歯を見せて笑っている。同じ白い歯でも別れた夫とは違って優しい。川原の石ころを集め四角の囲いを作ってあった。

「魚だけでは飽きるから肉も野菜もあります」と、風呂敷の荷物を川原に下ろした。

あまりの用意周到さに、あっけに取られていると、「ぼく、昨日から場所さがしと、かまど作りをしたんです」

「お天気良くて、良かったわ」と、嫩は言ったが、こんなことまでしてくれる広太の気持は、もういつ「愛している」と言われても不思議でないと、思った。もし本当に言われたらどうしようと、少女みたいにドキドキした。

広太は、バーベキューの用意をすませると、釣り竿の糸に糸ミミズみたいな赤い虫をつけた。馴れている手つきである。初めての嫩には、ミミズなど触れない。

「昔おやじとここで釣りしたんです。初めての嫩にには、ミミズなど触れない。今はT県にいるんですが」

ぽんと、川の中へ道糸を投げて「持って下さい」と、嫩に竿を渡した。広太は自分の分も、ミミズをつけて川へ投げ、二本の竿を並べてから、

「ぼく、あなたみたいな人、初めてです」と、横顔のまま言った。

「わがままだからですか？」

「ちがいますよ」

「……」

「素直で、純情だからです」

竿を持つ手に感じるものがあったので、嫩は引き上げると、小さな白く光った魚が、かかっていた。

「釣れましたね。クチボソです」と、嫩の竿にかかった魚の口を開け、針をはずしビクの中へ泳がせた。

赤っぽいミミズをまたつけて、川へ道糸を投げると、つづけて同じクチボソが釣れた。

「初めての人は釣れるんです」と、広太は笑った。

「魚が同情してくれるのね。でもミミズで騙して、魚の命を取るの残酷ね」と、嫩が言った。

「そう言ってしまえば、すべて殺生ですよ、この世は」

「私なんか弱い人間なのに、よく釣られないできたわ。でも幾度も釣られそうになったり、自分で釣られてしまおうと思ったり、ついこの間まで『暗い日曜』と歌って、死ぬことばかり考えていたわ。でも文章書くことで生きることが楽しくなって、書きたいことを全部書くまでは、死にたくないと思うの」

「あなたが死ぬ時は、ぼくも一緒に死にますよ」と、広太が振り返って言った時、今度は少し大きな魚が竿に光っていた。

魚のことに気持が向いていたので、広太の表情を見ていなかった嫩は、気がつくと広太の胸の中に強く抱かれ「好きです。愛してます」と、耳元で囁かれた。嫩は来る時が来たと、思った。

かつて、こんなことを経験したことがなかった嫩は、いざとなると、うろたえた。どうしてよいのか分らなかったが、背の高い男の人の胸に顔を当て小さな女になれることの快さを思った。夫のいる時に憧れたことが、いま現実に起こっていた。「愛している」と、広太は身体を離して嫩の目を見た。見つめられている目をわざと逸《そ》らしながら、「私も」と、嫩は小さく言った。言ったあと、嫩は芝居を演じているような、わざとらしさを覚えた。広太は、今度は更に強く抱き、顔を近づけたと思った瞬間、嫩の唇は塞がれた。思わず、広太の身体を押し返したが、力が強く若い青年の情熱には、勝てなかった。

釣り竿は二本とも川原に放られたまま、抱擁が続いた。

「ぼくのアパートへ来て下さい」と、広太はせっかく用意したバーベキューをやめて、帰り仕度をしている。アパートへ行けばどうなるか？　と、迷ったが抱擁された感触の甘い気分から、逃がれることは出来なかった。

8

「どこへ行ったの」と、千夏は不機嫌である。夕食の時間がとっくに過ぎているのに、朋子と待たされていたのだった。

アパートへ行き、嫩の釣った魚三匹は洗面器の中で泳がせておき、広太の用意した肉、野菜をバーベキューでなく、ガスで焼き、ビールが添えられ、テーブルに並べられた。すべて広太が料理してくれ、嫩は、本を読んで待っていればよかった。広太が一匹も釣れなかったのは、嫩の方に気持が向いていたせいだったのか。広太は弁解しなかった。

「当てようか！」と、朋子が調子に乗って言った。もう分っているのである。勘の良さは、天才的であった。

「広太くんとデートだ」

「……」

「お寿司持って来ないの?」と、ニヤニヤした。

「うるさい」と、嫩は叱ってみせたが、内心うろたえていた。

広太のアパートで、注いでくれたビールを一口飲んだだけで、心臓がドキドキ苦しくなり、広太は蒲団に横になるようにと、敷いてすすめたが、そんなことは死んでも出来なかったので、水を飲んで醒ましていると、広太の唇がふわっと嫩の目の前に迫って来て、口が塞がれた瞬間ノドの中へ水が入ってきた。

アルコールの苦しさと、酔いの混じった感覚の中で、素直に広太に身をまかせる自分と、反発しているもう一人の自分の存在を感じながら、雲の中で泳いでいるような心地良さの気分に浸っていた。そして、もうあとは広太に着ているものを脱がされるのを意識しながら、「誰かに叱られる訳でもない。自由の身なのである」と、自意識を捨て、わざと抵抗しない自分を意識していた。

ポマードの甘い匂いが近くに迫ってきて、抱かれてみたいと思う気分に陥り、胸に、首筋にと、次々と接吻されるのを受けた。

広太は若い筋肉質の身体をぶつけてきて、「やっとぼくの手に入った」と、待ちきれないように、あえぎながら嫩の身体を求めてきた。

古賀との性は無いと同じであった。ロボットのように感情がなく、いきなりもみ消す灰皿のタバコみたいで、火がつかないうちに消えて終わりだった。夢も喜びもないのであった。アパートの奥さん達は「ウチの人エンドレスだから、失神するの」などと、際どいことを話し、「お宅どうなの？」と、追及されたが灰皿のタバコでは、話すことがなかった。「チャタレイ夫人の恋人」のように、男と女が足をからませ、深い接吻、身体のすみずみまで愛《め》でる性など、小説の世界でしか知らなかった。

「ぼくは、あなたを離しません」と、広太はあえぎながら言った。嫩も、自意識が外れ、初めての性の解放、快感を覚えた。自意識を捨て身体を解放することが出来る喜びを知ったのである。別れてからも身体の中にまだ燃える炎が残っているような、不思議な感じである。

「あなたを離しません。結婚して下さい」と、広太は思いもよらないことを言った。

「おなか空いたよ」と、千夏が言った。夕方までには帰るつもりだったので、食事の事を何も言っておかなかったのである。柱時計を見ると、八時を廻っている。

家を出たのが朝八時だったので十二時間も経っていた。何という変化に富んだ十二時間であろうか。

「ごめん、ごめん」と、弁当箱に広太が入れてくれたバーベキューを皿に盛り合わせ、朝食の残りで作ったみそ汁で二人に食べさせ、その間風呂の仕度にかかった。台所にガスは入っていたのだが、蛇口はあっても、まだ水道が入らず井戸水をポンプで汲み上げるのが日課の一つだった。ギッコラ、ギッコラと汲みながら、嫩は今日一日の出来事を一つ一つゆっくりと、思い起した。

まるで恋愛映画か、芝居のようでもあると思った。自由の身になれた自分に、本当の自由が訪れたのか。こんな自由があってもよいのだろうか。夫との寂しい夜に、心のどこかで想像していた若い青年との燃えるような恋を、実現させてしまったのである。

ポンプに水が少しずつ汲み込まれ、タンクが満ちてゆくにつれ、嫩の胸の中も、幸せな思いで満ちてゆくのだった。

今までは、ポンプは朋子に汲ませる分担になっていても、朋子はめったに汲んだことがなく、嫩は荒っぽく音を立てて汲んだ。それが今は楽しくポンプを汲み、明るい鼻唄まじりで汲み上げていた。いつもの倍も早く満杯になったので、今度は風呂場へ入り新聞紙を丸め、オキに火をつけたあと薪を入れ、風呂を沸かした。ガス風呂でなく風呂場の床もまだ土のままで、洗い場にスノコを置くだけだった。

「結婚して下さい」と、言ったのは確かだろうか。

燃えさかる炎の中での広太の言葉を、嫩は夢心地で聞いたものの、あれは現実ではないとも思った。

子供のいる、しかも病気の妹までいる中年女が、十歳も年下の若い男性と結婚できる訳はないのだ。

千夏と朋子は風呂に入らないで寝ると言うので、嫩は一人で入っていると、戸が開いて裸になった千夏が「ぼくも入るよ」と、飛び込んで来た。小学五年になるのにあまり背も伸びない小さな身体は、まだほんの少年だった。同級生など、まるで大人みたいな身体で早熟の生徒もいるが、千夏は晩稲《おくて》だった。

古賀は、背の低い子供が産れると心配なので、大柄な嫩と結婚したと言った。古賀の顔立ちに似ると思っていたのだったが、横顔は洋之介に似てきた。

「入らないと言ったのに」と、うろたえながら、見られては困るものを見られたような、うしろめたさで、嫩は手拭で身体をかくした。

「お母サン、どうしたの?」と、千夏は母親のかくした胸に湯をかけた。

「どうして?」と、嫩は背中を向けた。

「どうしてでもないけど」

どこか、おかしいと本能で感じているのだった。

「ねー」と、口ごもっている。

「ねー、お父サンはどこにいるの」と、言った。

母親が今日は変なので聞きやすいのだろう。初めて口に出したのだ。古賀の唯一人の友人だったM男から、その後の様子は年賀状などで聞かされていたが、住んでいる所は知らなかった。別れて一年目に再婚したと聞いていた。

「場所は分らないけど、会いたければ会わせてもいいよ」と、言った。

「ほんとう!」

うれしそうに顔を輝かせバシャ、バシャ、湯を敲いている。

嫩にとっては、嫌悪ばかりの古賀でも、千夏にとっては、一人しかいない父親なのだ。別れた当時は夜中に寝ぼけて捜したこともあるので、「そのうち帰ってくるよ」と、嘘をついたこともある。

千夏の気持を考えれば、広太と恋などしていられないのだと、思った。

千夏に古賀と会わせる約束をして、風呂から上がると、いつものように先に眠らせ、原稿を書いてミシンを踏んだ。

9

新宿のビヤホールの広間で、嫩が主役の宴会が始まっていた。エレベーターから来客が降りて来るのを待って、嫩は挨拶していた。こんなことは初めての経験なので、緊張のあまり上の空だった。

「若い花」二号が出た時、室尾燦星から「お母さんのことがうまく書けている」という激励の葉書が来て、家に来るようにと、あった。洋之介と親友で子供の時に家が近かったので、父や母に連れられて、よく遊びに行ったのである。しかし母と別れG県へ行って以来今日まで葉書一枚出していなかった。本にまとまって出版される時は、「あとがき」の文章を書いてあげると、言ってくれた。そして出版記念会をやりなさい、今は出版記念会が流行っているから、父親代わりになってあげると、言った。三善琢治が親族達の悪巧みから嫩を救ってくれたおかげで、親友洋之介の著作権が守られ、嫩の真実の姿を分ってくれたのか、「嫩チャンも大変だったね。与四郎は困ったものですね」と、言った。「若い花」は年二回発行だったが、第二号めに原稿を掲載した頃から、文芸誌S誌をはじめ思いもよらないところから執筆依頼が来るようになり、四号が出た時は一冊分の原稿がたまり、T出版社から『父・内藤洋之介』と、題し単行本が出版されたのである。そして約束通り燦星が「あとがき」の文を書いてくれ、父親代わりで出版記念会を開いてくれることになったのである。

初めての本は「お祝いのおひろめ」として、世話になった人を始め先輩、友人、知人に送るものであることを燦星に教えられ、T出版社からたくさん買い取って送った。一般の雑誌にも書くようになってから、洋之介の友人達から思わぬ便りが来て激励され、戦後行方不明だった友人知人からも便りが来て、世界が広くなった。

洋之介の親友の三善琢治は、和服に草履姿で早や早やとエレベーターから降りて来て「嫩ちゃん。おめでとう」と、言った。

洋之介の死後間もなく与四郎の企んだ全集のことで三善と室尾は意見の違いから椅子を振り上げるけんかとなったが、三善は「室尾に謝りたいから嫩チャンそばにいてほしい」と言っていた。

父親代わりの室尾燦星は主賓の座席についていたが、三善琢治は反対側の席へ黙って座った。「若い花」の岸上太郎はじめ同人達の手で今日の会は運ばれたので、一人もアルコールを飲む人は無く真面目な顔で働いていた。世間知らずの嫩に代わって、会場選びから受付、その他雑用を引き受けてくれた。同人達の席は後ろの末席で、広太もいたが、目立たないように千夏と並んでいた。

「おめでとう」と、人目につかないところで広太は言った。広太とは例の一件から、愛し合った男と女の関係となり、結婚も本気で考えていると言った。「若い花」の同人達にも知られてしまい、岸上太郎は、自分が仲人になるからと、勧めた。年の差は何とかなるにしても、若く収入も少ない広太に二人もコブつきの嫩を養う力はなく、嫩が今以上に、がんばらなくてはならず、現実に結婚は無理であった。千夏も晩稲ながら思春期前期に入ったので、母を取られたショックを受けるだろう。

結婚は諦めても嫩の人生には、かつてなかった愛されているという、うれしい気持だけで満足だった。

千夏に父親と会わせる約束は、あれから果たしたのだったが、「もう会いたくない」と、言い、訳を聞くと「競輪なんか嫌だ」と、言った。あとで分ったのは、古賀は別れてから競輪が趣味になったそうである。千夏が、競輪が嫌だと思ったのは、子供の前でギャンブルすることより、心のつながりが離れてしまったからであろう。古賀は、子供の心をつかめなかったのであろうか。

嫩が子供の時に会ったのと同じように美しい上野千代が来て、三善琢治の隣りへ座ると、来賓が揃ったので、進行係の人がマイクを持って挨拶に立った。初めて同人会へ行った時、色黒の恐い男に見えた人だが、気配りよく行き届かせてくれている。

配膳係が全部の客の前にビールを注ぎ終わると、岸上太郎が「乾杯」と、コップを上げた。太郎も今日はまだ一滴もアルコールを入れずに緊張していた。

「乾杯！」「嫩ちゃんおめでとう」の声が、あちこちから挙がった。今日はまだ洋之介の娘と、呼ぶ人はいなかった。こんな時、主役が水では形にならず、ビールを入れたコップを持って、皆に挨拶した。深く頭を下げたあと一言「ありがとうございます」と、言うのが精一杯の、人馴れしない嫩であった。同人達にどんなに飲めと言われても、アルコールへの関心はなかった。

「あんな小さな女の子だったのに」と、上野千代が感慨深く言った。女の偉い小説家であることは子供心にも分っていた。あれから三十年になるが、嫩は図体ばかり大きくなって気恥ずかしかった。

骨太なので大柄に見える嫩は、ほっそり見せるため、黒の地味なワンピースを着た。胸につけるカトレアのブーケを、広太がプレゼントしてくれたので、かろうじて華やいだ。

宴《うたげ》が進んでゆくと、次々とマイクが廻され、三善琢治の番になると立ち上がり「お見それしました」と、言った。理由は千夏をまだ背中にくくりつけている頃「文学の勉強をしたい」と、相談した時「やめなさい、文学なんか泥沼だから。才能があれば、もうとっくに書いている。それより良い妻で良い母になりなさい」と、言ったことを指したのだ。

「嫩ちゃんは文学の本質をそなえている。洋之介の文章そっくりで、ぼくはこれを読んだ時、涙が出て仕方なかった」と、言って座った。

「岸上太郎先生のおかげです」と、ようやく一言だけマイクなしに言ったが、静かだったので、聞こえたようだった。三善琢治に文学の勉強をしたいと言ったのは、小説を書きたいと言った意味ではなく、漠然と何かを勉強したいという意味だった。岸上太郎が勧めてくれ、書くきっかけを作ってくれなければ、まだ迷える羊のままであったろう。

上野千代はじめ佐野稲子、尾川篤次郎、森富士夫なども「なかなか才能がある」と、賞めてくれ、次の作品を楽しみに待つと言った。エンピツと消しゴムで書いては消しの、手さぐりながら、ようやく書いた甲斐があったと、思った。

最後に父代わりの室尾燦星に一言、と進行係がマイクを向けると、スピーチは断る約束だったので、怒ったように立ち上がると「ふたばちゃんが、これからプロの小説家になろうと、なるまいとわたしの知ったことではない」と、言って座った。一瞬座が白け、じわじわと腑に落ちない空気が広がったが、落ち着くと閉会の挨拶へ入り、ラストに嫩の挨拶で散会となったのである。

洋之介や三善琢治と親しい詩人の中田綾子が琢治を誘い自分の家へ来て、二次会をするように勧めた。広太は千夏と一緒に先に帰り、家で待っていることになった。こういう時は二次会のことを考えておくことも知らなかった嫩は、お酒を用意することも、土産やお礼も気がつかないままタクシーで行くことになった。

二次会へ来たのは、琢治を中心に数人だった。誰かが気を利かせ、サンドイッチや余りものの食べものと綾子がふるまってくれたお酒でここでも嫩のこれからを祝ってくれた。三善は、上機嫌で洋之介の思い出を語り盛り上った。「今日は室尾に謝りそこねたから今度は嫩チャンわたしと一緒に室尾の家へ行ってくれるね」と、言うのだった。初めての主人公となった宴で、緊張と不安でいっぱいのひとときだったが、無事に終った。

10

「嫩、これらの小説風な文章というものが、君のお父さんには書こうとして心がけていて書けなかった物だ」「文学というものは書かない前はうじむしで、書けば蝶々になるということですかネ」と、「あとがき」では、とても賞めてくれた室尾燦星が、スピーチ嫌いで、わたしの知ったことでないと、思ってもみなかったことを言われたが、考えてみると、確かにその通りである。会では父親代わりはしてもらえても、文章で代役は出来ない。当たり前のことである。

自分一人で苦しむしかないのである。嫩はプロの文筆家になるなど、思ってもみなかったことなので、本が出版された後も相変らずミシンと家事を手早く果たし、夕方から書くのが日課だったが、間もなくE賞をもらい、授賞式があり、各方面の新聞や雑誌に出るようになると、家に取材の記者が来て写真を撮ったり、マイクを向けられることが頻繁になった。そんな時、S社のS誌の編集者が小説の依頼で家に来たのは、嫩の将来にとって大きな意味があった。

S誌は純文学の雑誌では、日本で一番格調が高いことは、生前の洋之介の仕事を見ても分ることであるし、「若い花」の連載が始って間もなく百枚の原稿を依頼され、同人達もS誌へ一度でも作品が出れば鼻が高いと、言った。

エッセイならばともかく素人の嫩が小説を書ける筈もなく、編集者の人が来た時は他の何かの間違いかと思った。

「小説を書いてみませんか」と、Kさんという若い女性の編集者は、いきなり言った。反射的にだめですと、答えてしまったが「お母さんと札幌で再会した話は、どうですか」と、畳みかけた。その話ならば、密かに書きたいと思っていたところもあるので、答えを出さないでいると、ともかく締切りは決めないので、下書きが出来たところで見せて下さいと、言った。

嫩が八歳の時、母と別れたが父の死後、密かに行先を捜していたところ、二十五年ぶりに居所が分った。反対する夫に留守を頼み、青森から連絡船に乗り、再会したのである。丁度離婚話の最中だった。書きたいことはあっても小説の形に作るのはまったく分らない。

大変な事態となって、一日のスケジュールを修正しなくてはならなかった。受賞してから俄かに原稿の注文が来るようになり、仕立て代より、原稿料の方が収入も多く満足感を覚えられるので、書く時間を長くしたが、更に小説の時間を作るには朝方まで机に向かうよりなかった。千夏の弁当を夜作っておき、朝は起きないで、朋子にみそ汁を温めさせ、前の夕方作ったものを食べさせる役をさせる。それ以外手だてがなかった。

朋子をなだめすかし、毎日同じ事を繰り返して言い、早朝眠りにつくのだった。

「姉さんなんか、作文のくせに」と、流しのタイルに茶碗をぶつけているらしい。

「世話してやるもんか！　自分で起きればいい」と、興奮している。嫩は、徹夜の疲れで自制が利かず、「誰のおかげで、今日までできたのよ」と、言ってしまった。

「決まってる。お母さんだもん」と、朋子は大声を出す。嫩もまた大声で、

「お母さんは六つからずっといないし、いまだって世話をしてくれないじゃないの」と、言うと「知るもんか！」と、大の字になって足をバタバタと床にぶつけた。骨でも折れば困るので「姉さんが悪かった」と、思い返してなだめると、仁王様のような赤い顔で掛ってきて、組んずほぐれつの姉妹角力《ずもう》となった。

「ぼくが自分でするからいいよ」と、千夏が起きて来て朋子に言った。小さい時は朋子にポンプの下に押し込められ、バカ力で潰されそうになったが、少しずつ背も伸び、中学一年生では、力はもう千夏の方が強い。朋子は、本能的に男を感じるものがあるのか、千夏の言うことには

素直なのである。

「やってやるよ」と、力をゆるめた。

朋子の機嫌取りから一日は始まるのだった。家事を手伝わせる他、野菜を洗わせたり、御用聞きの応対、軽い庭の草むしり等を出来ても出来なくても、彼女の分担にしておいた。朋子は仕事をさせないと気力を失い、眼に見えて、だめになるのである。

居間兼食堂で書くのは、落ち着かないので、千夏の子供部屋を取り上げた。狭い部屋にあわせて小さい机をE賞でもらった賞金で買い、自分の机というものを、初めて持った。離婚のあと、嫩と千夏が寝ていた日本間の六畳を勉強部屋にさせた。嫩は狭い方が落ち着くのだった。

千夏と二人で荷物を動かし、ついでに大掃除もすることになった。

「聞いてもいい?」と、千夏は言った。「何を?」と、言いながら広太のことかと、緊張した。うすうす感じているだろうと思ったが、聞かれたくないのだった。

「あの椅子どこにあるの?」

「あの椅子って?」と、嫩は広太のことでなくてほっとしながら言った。

「ぼくの椅子、小さい時お父サンが作ってくれた」と、言った。前から聞きたいのを我慢していたようである。

古賀は手先が器用なので、気が向くと日曜大工を自分からすることもあり、千夏のために高いカウンター用の足の長い子供椅子を作った。だが別れた後、古賀のものはサンダル、スリッパから茶碗まで捨て、件《くだ》んの椅子は物置に押し込めた。広太が入った炭俵の奥の方に、ある筈だった。

千夏は物置へ走って行くと、宝物を捜し当てたように椅子を抱えてきて、雑巾で拭いている。父親に会いたいのだろうと思ったが、あえてその話はしなかった。

「さあ、仕事、仕事。今日から小説書くから大変」と、嫩は言って、仕事部屋ならぬ、子供部屋に入って行った。

千夏は、時に学校から帰ると「男の人来たでしょ」と、くんくん部屋の臭いをかぐ癖がある。男の人というのは、編集者や取材の人のことを指すのだった。古賀は煙草を極端に嫌った。嫩は洋之介が煙草の煙の立ち籠める書斎で仕事していたので、自分は吸わなくても煙草を吸わない男には、男性を感じないところもあった。広太も煙草を喫《の》むのに、千夏は何も言わないのが、不思議である。こんな時、千夏は父親に代わって眼を光らせているようだと、嫩は苦笑した。

嫩は窓を開け「仕事の人よ」と、机に向かうと「やってやるよ」と、朋子がドアの外で言った。機嫌を直した声だった。「たのむよ、よく働いてくれたら、お母さんのところへ連れてゆくから」と、言うと「うわあ!　やった!」と、喜んだ。機嫌はくるくると変るのである。

S誌の編集者Kさんの言う、母・縞子との再会をモチーフにした小説を、何とか書き上げたいと、嫩は考えた。書きたいテーマは縞子が母親でなく「女」であったことだった。

母は、再会して数年めに夫と手伝いの娘を連れ三人で上京し、郊外に借家を借りて住んでいた。千夏と朋子を連れて時々会いに行ったが、不思議な空気の家庭だった。夫は終始一貫、母と会話を持たないが、母の方は道を歩く時など腕を組み、恋人のように縋《すが》りつく。十六年一緒に暮し、出征中は姑の世話を良くしてくれたと言った。夫の話によると夜はもう十年も別々と言う。母は「若い夫を持つと困るの。いまも毎晩なの」と、言った。母は会ったその夜から夫との性を露骨に話した。母が嘘をついていることは明らかだった。母がいまの夫と知り合ったのは、洋之介からもらった手切金で恋人と開いた喫茶店へ通って来た客であると言った。逃避行の相手も学生だったが、いまの夫も当時大学生だったと分った。母が父と別れたのは三十になったばかりの女盛りで、美しく、もてたのであろう。札幌で再会した時、喫茶店のママ時代の、男の客に囲まれている写真を見せられたので分った。嫩は母と再会したとき、三十三歳であった。

「お母さんから手紙」と、朋子はノックもしないで、ずかずか入って来た。やさしい字は書いたり読んだり出来るのだった。急用以外は戸を敲いたり、入って来てはいけないと、厳しく言ってあるが、馬の耳に念仏だった。

「お母さんの手紙早く開けてよ」と、興奮している。刺激するとまた厄介なことになるので、朋子の前で開封して読むと、

「相談したいことがあるので、××日にそっちへ行く」と、あった。嫌な予感が走った。よほ

どの事がないと来ない母が、わざわざ来るというのは、何かあるに違いなかった。

第二章

1

縞子の乗ったトラックが、家の前に着いた。

「お母さんが来たァ」と、朋子が眼を輝かせた。

嫩は台所の戸口から急いで外へ出た。和服を着た母は助手席から男に助けられ、ステップを降りるのに手間取っていた。足元に力がなく二人の男に抱えられても、ふらついている。四トン車が二台連なって、道路を占領していた。

「いらっしゃい」と、嫩は言った。母は赤く上気した顔で無言だった。

手紙が来た後、母は手伝いの少女と二人で嫩の家へ来て、夫に女がいるらしいと泣かれ、嫩は困った。母は帰りたくないと言うのだが、仕事にならないので、一夜だけ千夏と一緒の部屋に寝てもらい、翌日家に送って行きながら母に内緒で夫に聞いてみた。夫の話すところによると、女はいるにはいるが、遊びに過ぎないので、心配は要らないと言った。

夫の言う通りしばらくは何事もなく過ぎたが、夫は遂に家を出て行ってしまい、母は手伝いの娘と二人きりになっていた。再び母は家に来て帰りたくないと泣き「どうせ養老院で一人淋しく死ぬのね」と、当てつけめいたことを言うのだった。嫩は引き取ることを思い迷ったが、千夏が「引き取ってあげれば」と言った言葉に、決心したのだった。

母は無理に離婚を承知させられ、毎月の生活は保証されていたが、嫩の家へ行くことになると仕送りは中止され、代わりに幾ばくかの手切金をもらったので、親友という人にそっくり預けてくると言った。娘より友人の方が安心なのであろう。生活費から小遣いのすべてを嫩に頼る気であった。母を養う義理はないにしても、再会した以上、嫩の責任のように思え、放っておけなかったのだ。

家の前の道路は、めったに車が入って来ないので、のんびりと荷物は下ろされ、テラスへひとまず積み重ねられていた。

E賞の賞金で机と一緒に買った電気冷蔵庫で、冷やしておいた西瓜を切って運送屋の男達をねぎらい、ひとまず一服してもらった。千夏の勉強部屋にした六畳を、今度は母の部屋にし、千夏から取り上げた子供部屋を元に戻したのである。嫩は、駅近くの四畳半一間の学生用アパートを仕事場に借り、今夜から泊まることにして荷物は先に運んであった。

男達はテラスの水場で顔や手を洗い、西瓜で汗が納まると、テラスに積んだダンボール箱や荷物を、空けておいた母の部屋に手際良く運んだ。四トン車二台もの荷物をどうして納めるのか、見当もつかなかった。春から高校生になった千夏にまかせ、ゆっくり整理するより、手だてがなかった。

猫の手も借りたいほどに人手が要るのに、朋子の姿は無かった。母の車が着いて歓声を挙げたあと、どこへ行ったのか。

母は、汗をかいた着物を浴衣に着替えたが、香水をつけているのか、体臭なのか変な臭いがする。子供の時の記憶には無い匂いであった。母の記憶で思い出すのは恋人が出来て「お母さん」と呼ぶと敲かれ、「お姉さん」と無理に呼ばされたことや、叱られて戸棚へ入れられたことである。

「あーあ、疲れた。頭痛、めまい、耳鳴りを何とかして頂戴」と、母は男達が運んでいる荷物の前へころっと横になった。

母のお尻は異様に大きく体はぶよぶよと締りが無かった。夫に甘やかされて暮らしたため、お腹は脂肪の帯を巻いているようだった。

寝転んでいる母の前に、男達はどんどん荷物を運び込んだが、到底入りきらず居間兼食堂まで荷物を積み上げ、やっと終わった。

男達が寿司を食べ仕事も終えて帰ると、嫩は母を休ませるため居間のソファを倒してベッドを作り、タオルを敷いた。母は身体を沈み込ませるように横になった。背後の飾り棚には、洋之介の首のブロンズが置いてある。

「あーあ、とうとう来たわ」と、浴衣の裾をまくって言った。白い足が見えた。

「この年になって捨てた子供の世話になるとは、思わなかった、洋之介笑っているわよ」

「安心して下さい。心配は何一つ無いので」と、嫩は言った。

母は突然起き上がると、裾をはだけたまま、

「初めに言っておく。あたしがこの家に来たのは、アンタの手伝いに来たのじゃないのよ」

「……」

「楽隠居で三食昼寝つき、テレビ見て甘いものパクパクの極楽したいから」

首筋に血管が浮いた母の興奮している顔を見ると、下アゴが長く前へ張り出た半月形の見覚えのある顔つきであった。家ではテレビはまだ買えないし、甘い菓子は禁じていた。発育盛りの千夏に甘い物は悪い上に、朋子が異常に好きなのだ。

むろん手伝ってもらったり、働いてもらうつもりはない。だが自分の食事や掃除、洗濯くらいはしてもらわなくては困る。朋子が当てにならないことは分っているだろうし、朋子を上手に手伝わせて、二人で家事をやりくりしてくれなくてはと、思った。当り前のことと思ったので話し合いをしておかなかったのである。千夏は、中学生の頃から、嫩が忙しいのを見て、自分の食べる軽い料理は作っていたので、心配なかった。

「……」

「分ったのね！　あたしを楽隠居させてよ。働くと頭が痛く耳鳴りで、目が廻るの」

「でも……、せめて食事、洗濯くらい自分でやってくれなくては」と、言った。

「それなら今までより暮らし落ちるわよ。女中さん頼んでちょうだい」

母は、別れた夫と暮らしている時、若い娘を身代わりのように働かせ、一日中傍につき添わせ、母のすることは箸を持つことだけ、という徹底ぶりだった。夫が、少しは働いた方が身体に良いのにと言っても、頑として動かない。しかし、嫩の家に来るとなれば考え直しているはずだと、思っていた。

「アパートから夕方帰って私が食事の仕度はするけど、朋子をうまく使って野菜を洗うなど、下ごしらえくらいは……」と、言った。

「それなら、あの娘を札幌へ帰さなければ良かった」

「……」

「食事の下ごしらえや料理をするなんて、死んだ方がましよ」

母の怠けぶりは極端で、再会の時はびっくりした。それなのに、嫩は甘かったのである。

「あたしは、今までより暮らし向き、落としたくないのよ。もう六十二歳の老人よ。昔ならば赤いチャンチャンコ着せられて、チョコンとお座りしていられた年齢よ。それにあたし本当ならばMコウシャク家のオキサキで真綿の蒲団に座っていられた身分なのに、洋之介との見合い結婚で平民になって、人生狂ったのよ」と、言った。

千夏が、台所の戸口から「タダイマ」と帰って来ると、「オバサン物置のところでべそかいているよ」と、朋子のことを言った。急いで行って見ると顔も手も洋服も、黒々と汚れている。また炭俵の中へ入っていたのか、この暑いのに流れる汗まで黒い。楽しみに待っていた母が、本当に家に来たのでうれしさの余り、反対に物置へ隠れてしまったのだと分った。

興奮している時は手がつけられないので、千夏に手を引いてもらい、やっと家へ入れると、今度は自分の部屋に籠り鍵をかけた。

「お母さん！」と、部屋の中から大声で、叫ぶように言うと、朋子はドタバタと足音を立てながら出て来て、泣きじゃくった。

「気味悪いよあの人」と、母は冷たい口調で言った。

母は、さっきから千夏だけに関心を向け「背が高くなったネ。五分刈りの似合う美男だわ」と、しきりに言っている。五分刈りは校則だった。大学までつながっている私立の高校へ入れたのである。

「ぼくはいいから、オバサンのことかまってあげたら」と、千夏は言った。

「あたし、美男が好きなのよ」

「気持悪いよ」と、今度は千夏が言ったので、母は仕方なく、朋子に声を掛けて機嫌を取った。

「すごい荷物、ぼくが片付けてあげるよ」

「頼りになるわ。初めて会った時は、まだ小さかったのに、役に立つ少年になって。坊主頭の美男うんと家へ連れて来てよ。あたし腕ふるってご馳走するわ」

母は目を輝かせている。料理させられるなら死んだ方がましと言っていたのに、突然の豹変ぶりである。

第三者ならば、母の性格は面白く魅力的に映るだろう。だが、現実に肉親として関わる人間としては、厄介な人だった。

「お母さん」と、朋子は大声で言うと母の大腿部の厚い肉の塊りのところへ転がり込んで、顔をすり寄せた。姉の嫩には一度も見せない表現である。精一杯の愛慕のしるしを見せている。朋子は母の愛に長く飢えていたのである。厄介だが、母を引き取ったのは、朋子のためにも良かったと思い、せめてもの救いで、我慢のしどころと思った。

2

朝になった。嫩は目が醒めると、鉄筋の壁に囲まれた箱のような四角の部屋に寝ていた。昨日、嫩は母の言いたい放題の言葉に圧倒されて帰り、疲れてすぐ眠ってしまった。家では雨戸の上の天窓から陽が差すので、時間の見当がついたが、この暗い部屋では、朝なのか、夕方なのか分らない。

北向きの部屋の方が南向きより静かで仕事が出来ると思い、この部屋に決めたのである。窓を開けると薄墨色の空が見え、目の前にビルが建ち、駅の踏切が見える。岸上太郎の家の近くで、家から早足で歩いて十分余りの場所だった。鉄筋の規格寸法なのか一廻り小さい四畳半が一間きりで、ベッドと小さい机を入れると、あとは歩くのがやっとだった。唯一つ良いのは出窓の幅が少し広く、濡れてもよいものを出せることだった。

困るのは、トイレが共同なので廊下へ出る時、夜中でも着替えなくてはならなかったことだ。男子学生など寝巻姿で廊下を歩いているが、嫩は自分の楽屋裏を見られるようで、嫌だった。

新婚から夫と暮らした「木馬館」も四畳半一間で水場もトイレもなく、廊下へ出る時は夜中でも身づくろいしたのを思い出した。ガスも水道もなく、一階の土間の共同井戸端に置いてある七輪で火を起こし、コンロを二階の自分の部屋の前に運んで来る。トイレの不潔さと異臭、太いパイプにたまった糞尿を長い竹棒で突いて落としたり、あまり臭くて赤ん坊の千夏をパイプに落としそうになったほどである。

それに比べればこのアパートは水洗トイレで清潔である。駅から遠い嫩の家は、まだ汲み取り式であった。

時計を見ると七時だった。着替えて共同洗面所で顔を洗い歯を磨くと、そのまま机に向かった。アパートの暮らしに早く馴れなくてはと、思った。

隣りの学生の部屋からラジオが聞こえ、窓の下の道路では子供の甲高い声が聞こえる。救急車のサイレンが聞こえ、学校と警察が近かった。

気がつくとアパートの一人暮らしは初めてで、すべてがもの珍しかった。夕方までは自由に時間を使えることが、ありがたかった。朋子に邪魔されることからも解放されるだろう。締切りの迫った原稿が、相変らず沢山あるので、一日とて無駄には出来ない。アパートへの引っ越しの用意と母の部屋作りで、かなりの時間がかかり、その分も取り返さなくてはならない。

ドアが敲かれ「内藤さん電話ですよ」と、大家の奥さんが言った。家中皆良い人で、迷惑そうな様子は見せなかった。

嫩が家から遠くなるので、万一の時の用意にと、家に電話を引いたのであった。まだ電話番号はS社のKさん以外知らせてないのである。家からは急用以外絶対掛けるなと、きつく母と朋子に言ってある。

奥さんにあやまって、階下の大家の部屋に入ると、電話は奥の食堂の方にあった。家の人が朝食のため集まっている。

「おはよう！　お姉さん」と、妹がのんきな声で言う。

「だめでしょ、急用でもないのに」と、強く言うと「お母さま、姉さんの声聞きたいんだって」と、はしゃいでいる。嫩は夕方帰るまで静かに待っているようにと、感情を押さえた声で言うと、急いで切った。

アパート第一日めがこれでは大家にも悪く、息子とS社以外取り次がなくてよいですと、平身低頭で部屋に戻った。

約束の帰宅一時間前、あと少しとエンピツを走らせていると、また奥さんが電話の取り次ぎに来た。

「お母さん、お腹空かしているから、早く帰ってよ。甘い物土産に忘れないで」と、朋子が、またのんきな声で言う。

大家の家族は、今度は夕食中なので、手を止めて待っている。平あやまりにあやまり、朋子にすぐ帰ると言うと、

「お母さんに代わるから、待っていて」と、言い「おかあさぁん」と、呼んでいる。切ればまた掛けるだろうし、困ったことになったと苛立っていると、「お姉さんが呼んでいるから早く出てよ」と、言う声が聞こえている。母を喜ばせるために朋子が、呼んでいるのだ。

大家の家族は、食事を中断のまま終わるのを待っているので、気が気でない。

家から女の声で掛かってきても、取り次がないでくれるように頼み、仕方なくまだ帰る約束の時間まで三十分あるのに後髪引かれる思いで机から離れることにした。丁度、つかえていたところの、糸口が見つかって、これからというところへ辿り着いたのに、中断されたのだ。

「木馬館」と題して連載中の長篇と、S誌へ二作めの中篇を書いている他、新しいエッセイ集の準備を抱えていた。母との再会を書いた初めての小説も四苦八苦ながら「女客」と題して五十枚の短篇に仕上げた。

嫩は、家へ帰るなり怒った声で、

「アパートに電話何故かけたの」と、言った。昨日ソファを倒して休ませたベッドへ母は蒲団

を敷き込み、完全なベッドに作り、病室と化していた。

「なんですって？」と、母は寝ながら言った。

「緊急以外は、掛けるなって言ったでしょ」

「急用じゃないの！　あたしがおなか空いて目が廻るのに！　頭痛もするのよ」

「……」

「おなかぐうぐう鳴いているのよ」と一重の帯を上にあげ脂肪の帯のおなかをむき出して見せた。

「二人で、パンでも食べていればいいでしょ」

「パンなんか嫌よ。白い御飯よ。それと甘いもの、たらふく」

「約束と時間だけは、守ってもらわないと困る」と、負けずに嫩は言った。朋子は、昨日とは打って変って、すっかり母になつき、おなかをさすったり、なでたりしている。

「嫩は冷たい女。朋子みたいに身体寄せて来ないし、いつもあたしを避けている。子供の時はべったりくっついて来たのに」

昨日の母の荷物は、きれいに整理されていた。

母は、ソファベッドに寝たままで「千夏が皆片付けてくれたの」と、言った。母に夫がいた時も蒲団は一日中敷いてあったが、母の我儘と無精が、ここまできていたのは、分らなかった。

あきれているよりなく、嫩は台所で働いていると「出るところへ出て裁判するわ」と、母が言った。

「……」

「母親がおなか空いて目が廻って頭痛がしているのに、電話を掛けては、いけないなんて、ひどい。あたしが死んでもいいのネ」と、泣き声となり、遂には本当に泣き出すのである。相手にしないでいると、

「訴えてやる!」と、母は、エスカレートして興奮した。

3

北向きの部屋で寝泊まりしてみると、陽の入らないことが苦痛であった。夏は暑いのに、冬はコンクリート特有の冷え込みで、身体の芯まで冷えてくる。

太陽が入ることのありがたさを知ったのである。満室なので南向きへ移るのは、当分望めなかった。

すぐ裏は樹林になっているので、明るいうちに散歩して木洩れ陽を浴びようと思いながら、果たせなかった。近くの電報局へ日中仕事の電話を掛けに行く時だけ、陽光に当たっていた。

机から思い切り離れて、太陽の多いT川原へ広太と釣りに行くのが良いと思っても、これも果たせないでいた。

出版記念会の後、嫩は、仕事がめちゃめちゃに忙しくなったので、釣りに誘う広太の便りが来ても、ほとんど行かれなかった。出そうと思いながら、返事も出していなかった。

恋か仕事か、どっちを選ぶと言われても、仕事を捨てるわけにゆかず、そうかといって広太と別れるのも悲しく、中途半端の気持のまま、その日の仕事のやりくりに熱中していたのだった。

母を引き取って、夕方買物して家へ帰る生活になり、食事を作ることを続けて半年経ったが、その間一度も太陽に当たっていないことに気がついた。思い切って、広太のところへ行こうと思った。洗面の後、アパートの南側へ出てみると、今日は朝日が出て暖かい日曜日であった。

締切りの原稿も渡し、ひと区切りがついたのである。

一度机に向かうと、もう夕方まで書いてしまうので、思い切って机を離れて外出の用意をした。

広太の部屋はまだ電話が無いので、突然行って、留守ならば一人で川原を散歩すればよいと思った。

久しぶりだった。T学園前駅で下車して太陽に当たりながら広太のアパートへ向かった。広太に負担させては悪いと、途中肉と野菜のバーベキューの材料を買い、ビールも買った。

ドアを敲くと、広太が顔を出した。一瞬戸惑いの表情を見せたが「どうしたんですか」と、彫りの深い彼らしい笑顔に戻り、中へ入るように言った。

万年床が敷いてあり、まわりに本やノート、灰皿等が、ごちゃごちゃと置いてある。飲みかけのビール瓶もある。南向きの六畳に、流し台と水洗トイレがあって、嫩のアパートよりずっと広くて条件も良い。

小さな電気コタツに膝を入れると、

「おふくろさんのおっぱい吞んでいたんですネ」と、言った。母を引き取ることは知らせてあったので、手紙を出しても返事のないのは、母に甘え自分を忘れたのだと勘違いしていたらしい。

「とんでもない」と、母の我儘に困らされ、食事を作りに毎夕家に帰る苦労などを話すと、半信半疑の様子で、何か他のことを考えている顔である。

ふと、広太の薄い万年床を見ると、汚れたシーツの上に長い髪の毛が、からんで散っている。嫩の顔色が変ったので、

「昨夕、男友達が来て、蒲団の上で二人で飲んだのです」と、自分から言った。広太は、よく見えすいた嘘を言う癖があった。放っておいた自分が悪いのだからと、追及はやめ、太陽にずっと当たってないので川原へ釣りに連れて行ってほしいと言うと、ぼくも行きたかったと、釣り竿を用意し始めた。外に出ると、太陽が暖かく射し身体の中の黴《かび》が落ちたような感じであった。

広太は、釣り竿に前とは違う白い虫の餌をつけて嫩に渡し、自分の竿にもつけながら、

「ふたばさん売れっ子になった。新聞や雑誌でよく見ますよ」と、ぎくしゃくしながら言った。

「ただ忙しいだけです」と、あいまいに言うと、

「売れっ子の流行作家ですよ。いまやもう、あなたは」と、言った。

「血筋の良い人は羨ましいですよ。ぼくなんか、そこらにごろごろいる砂利石の、おやじとおふくろから生まれたんですから、磨いたところで光りません。ダイヤモンドにはならないんです」と、笑った。

「……」

「血がないんですよ。文学の血が」

いつになく興奮気味である。血がないのは嫩の方で、何かというと洋之介と比べられ、良くて当り前、悪ければ血が無いと言われる。絶望し嘆きながら書いている。洋之介が遠すぎて嫩の存在が小さく、劣等感に苛まれてもいる。名もない普通の親から生まれたかったのだ。しかし、いまはそれは言えないので、

「続けることに才能があると、私は思います」と、明るく言った。広太は飽きっぽく、器用で何事も手際よく果たすのに、途中でやめてしまうのである。「若い花」にも、詩と小説を出して同人に賞められたのに、続けなかったのだ。だが釣りだけは続いているらしい。

「釣りは、よく来るのですか」と、話題を変えた。広太は、答える代わりに、

「いま、S誌に何書いているんですか」と、元へ戻した。母との再会をモチーフに書いた小説

は文芸時評でも賞められ、三善琢治にも賞められた。残念にも室尾燦星は、小説が出た時には病床にあったので読んでもらえなかった。それに嫩のことを間違って書いた小説を訂正してもらいたい事も言えないままであった。いまは、三作めの小説を書いていると答え、具体的なことは言わなかった。「たいした流行作家ですよ」と、また言い、その口調には冷たいものがあった。

「魚もぼくをバカにして釣れないです」と、言った時、嫩の竿に魚がかかった。広太は、前のように、優しく魚の口から針を取り去り、新しい餌をつけてくれた。書く話以外は、優しいのである。

広太の気持を昔のような明るさに戻すには、どうすればよいのか、嫩は悲しい思いだった。広太がわざとのように、引っかかることを言うのは、落ち込んでいるからだろうと思った。やっぱり書きたいのに書いていないことと、昔を知っている親しさと、年下ということから甘えもあるのか。そう思うことで、気持を楽にしたかった。苦しければ書いて突きぬけるよりないのを知っていて、彼は自分の気持の中で、もがいている。初めて嫩が書いた「若い花」のエッセイを「鳥肌立った」と、賞めてくれ、書けない時には、一緒に考えてもくれた。落ち込んで死にたいと思っている時にも、立ち直らせてくれた。それなのに、いま広太が落ち込んでいるのを見ても、嫩が救えないのは自分に力がなく情ないと、思った。

仮に広太のせんべい蒲団のシーツの髪の毛の上に、嫩が自分から横になって「抱いて」と、言ったところで、心は一つにはならない。千夏が「お母さんは男をダメにする」と言ったことがあった。それは父親のことを言ったのであったが、広太にも当てはまるのか。

広太にとっては、嫩が少しずつプロの道へ入って行くことを友人として喜ぶことは出来ても、恋する女としては拒否するより他ないのであろうか。

或る詩人が「恋人が自分の枕元で『源氏』を読むなんて許せない」と、言ったのを思い出した。男にとって「考える女」は、苦手なのか。

広太も許せない男だったのかと、悲しい思いで胸がつまった。

「やめたんですか、書くのを」と、今度は嫩が聞いた。彼のために逃げないで、この際ぶつかって行こうと思った。

「……」

「やめないで書けばよいのに、もったいないわ、才能があるのに」

「さっきも言ったように、才能がないのでやめたんです。磨いても光らない只の石ころです」

「だから、つづけることが才能だと言ったでしょ」

「もうやめましょう。ぼくは原稿用紙もエンピツもペンも机も捨ててしまったんです」

広太の空しい笑い声の故かのように陽は翳り、魚も釣れないので、二人は申し合わせたように、帰り仕度を始めていた。気まずい空気が流れた。広太の気持を取り戻すために「もう書きませんか。才能の無いのは私の方なんですから」と、嫩は必死で言っていたが、言えば言うほど気まずくなった。

4

「アンタ、どうして口紅つけないの。老けて見えるって言ったでしょ」と、母はいつもと同じことを言った。

母は相変らずソファベッドに寝て、耳鳴りと頭痛がして目が廻ると、朋子に足を揉《も》ませている。背後の洋之介のブロンズが怒った顔に見えた。ソファは母の専用ベッドにされてしまい、居間兼食堂はすっかり病室化していた。

「お母さまの方が、若い」と、朋子もいつものように言った。

母は白髪を紫色に染めていた。昨夕は白かったのにと、思った。

「お母さま、きれいでしょ、美容院で染めてきたの」

「アンタに負けたくないからよ」と、大きなお腹を敲いた。

「ベッドで寝ているよりいいわ、おしゃれをするのは」と、嫩は言った。

嫩は、帰り道に買って来た魚を三枚におろし、野菜を洗って、忙しく夕食の仕度をしていた。朋子に言いつけておいたキャベツやジャガ芋の下洗いは、いつものように手つかずで流し台の下に放ってあるが、黙って自分で洗うよりなかった。母の来る前は三人で、台所と居間の間のカウンターで食事をしたが、いまは四人になり、嫩がひとときの机代わりにしていた食卓で、食べている。

千夏と嫩が並び、母と朋子が並ぶ習慣になっていた。千夏は高校のクラブ活動でブラスバンドに入ったので、ドラムの練習で帰りが遅い時もあった。若い時音楽家を志した洋之介に似たのか上達が早く、忽ちリーダー格になり、性格が明るくなり友達も出来た。自信が出たようである。

料理が出来、嫩がテーブルを拭いていると、

「あたしの部屋に入って見てよ」と、母が言った。珍しいことを言うので、行ってみると、衣紋掛けに、紫色の和服が掛かっている。胸のところに金糸入りの細かい手刺繍が入っている小紋である。赤い長襦袢と丸帯も出してある。嫩は、和服は着たことがあっても帯は三尺で、名称もよく分らなかった。

「明日それ着て、ある人とデートするの」と、言った。いつもの苛々した母でなく、明るい。

「ある人って?」

「それは言えない。ヒミツ。これからも度々デートするので、よろしく着物買ってよ」と、母は言った。

「それは、楽しみでしょ」と、嫩が言った。初めての明るい話題の会話を交わしたのであった。本当ならば大歓迎であるが、無精で寝てばかりいる人が、デートなど考えられなかった。

千夏が帰ったので、四人でテーブルに向かい、嫩の作った魚のサシミと酢のもの、みそ汁、コロッケとロールキャベツを食べはじめた。

「アンタ！　どうして口紅つけないの、おばあさんみたいな顔、見たくない」と、母はまた言った。顔さえ見ればすぐ口紅と化粧のことを言い、そうかといってたまに軽く化粧すれば「あたしの方が若い」と、言う。嫩は化粧などする時間がなく、それに家に帰って働くのに口紅などつける必要はなかった。

「お母さんは、嫌いなんだよ。そういう話」と、千夏が言った。

「じゃ、どういう話が好きよ」

「そりゃ、仕事だよ」と、千夏が言った。

「仕事、仕事って言うけど、雑誌にあたしの悪口書いたじゃないの。ちゃんと情報入っているんだからね」と、母はさっきとは反対に、不機嫌になった。S誌に書いた小説のことなのか、フィクションの意味が分らずに、告げ口する人がいるのだ。母が不機嫌になると、食卓が暗くなるので、

「おばあちゃんたら、デートするんだって」

と、千夏が母の気を逸らすために言った。

「お母さん、姉さんよりもてている。電話で誘われている」と、朋子が言った。

「ぼくの友達とじゃないだろう？　まさか」と、千夏が言った。母に催促されて、千夏はバン

ドのメンバーをたまに連れて来ていた。

「広太くん？」と、嫩は言った。予感が走ったのだ。

「……」

「知っているのは、神様だけ」と、母は言った。

外を一人では一歩も歩けない母は、朋子を必ず連れて歩き、手を引かれて駅まで行くが、駅からは電車やバスに乗ることも出来ない。十六年間、外出は母の夫が一緒についていてくれたのであった。今は二人で一目散に医者に行く他は、魚屋や八百屋の前を歩いても買物はしない。代わりにカステラと甘い菓子を買うことは出来る。

「神様」はありがたいと、思った。重たい母の身体を引きずって歩かせてくれ、その上、母を若返らせてくれる。もし「神様」が広太であれば、お礼を言いたいと、思った。

近頃母の「早く帰れ、お腹が空いて眼が廻る」という電話が少なくなったのは、おしゃれに気持が移ったからなのか。

子供の時の母は、家事を放って鏡に正面から向かい合っていた。光線の具合でどこへ座ると若く見えるか、の研究をしていた。母の関心は、嫩と若さを比べることと、自分の身体の必要以上に病的な心配だけだった。おしゃれに関心を持ってくれれば、着物でも洋服でも、着たいものは、何でも買ってあげようと思った。そのくらいのゆとりも出来ていたのである。

「おばあちゃんは、お母さんの本当の親なの？」と、千夏は言った。

「どうして？」と、母が言った。

「顔も似てないし、第一いつもお母さんを女の敵と見ている」

千夏は、ちゃんと見ていると思った。

「生意気言うんじゃないよ。まだ高校生だというのに」と、母は言った。

「お母さんは、口紅のことや女同士よりも、仕事がやりやすいように、おばあちゃんが働いて家のことを手伝ってくれた方が、ずっとうれしいんだ」と、千夏は言った。言いにくいことを言ってくれる。

「あたしは楽隠居するために来たのよ。沢山食べて、寝て、楽して暮らす。ご隠居様なのよ」

「ご隠居様がデートか？」と、千夏は笑った。

「そうよ、ご隠居だって、良いって言ってくれる男がいるんだから」

「誰だよ。そんなもの好きは」

母は、うれしそうに「女は灰になるまで女よ」と、言った。

5

夕方、いつものように買物をすませて家に帰ると、広太が台所に立っていた。母のエプロンなのか首から吊っている。

この間母の言った、神様しか知らないデートの人は、本当にいたようで、誰かが家の前まで迎えに来て、どこかへ行ってきたらしかった。朋子は母に口止めされているらしく、その先を言いたいのを我慢し、嫩が聞いてくれるのを待っている顔である。

おかげで母は通院も休んでいるし、明るく陽気なので助かっていた。今日はベッドも元へ戻し、ソファに直して明るい部屋になっている。

嫩が広太と川原へ釣りに行き、気まずく別れてから、互いに便りもなく月日が経っていた。

「しばらく」と、言うと、

「お母さんの誕生日なので」と、ばつが悪そうに言った。流し台にカツオが一匹丸ごと横になっていた。

「あたしの誕生祝いしてくれるのよ」と、母は言った。母は、濃いめに化粧して赤く口紅もつけ、この間見せた紫の小紋を着て丸帯も締めている。

嫩は、誕生祝いは子供の時までとの考えがあるので、千夏以外はしたことがなかった。

「ふたばは冷たい女よ。一度もしてくれたことないの」と、言った。

嫩の方こそ子供の時から一度も祝ってもらったことがないのを忘れている。

広太は馴れた手つきで包丁を砥石で研いでいる。あまり、研いでない包丁だった。すみませんと言うと「好きなんです。ぼく、今度料亭の見習いコックになるんです」と、言った。

蛇口の水を流しながら、奥へ気を使うように「この間、ごめんなさい。偉くなったふたばさんを、食事にも誘わないで、帰してしまって」と、耳のところで小声で言った。

嫩が、またかと嫌な顔を見せていると「『木馬館』と、エッセイの本二冊つづけて出ておめでとうございます。新聞の広告見ました」と、言った。数日前、家に持って来たが、母は頁を開いて見ようともしなかった。ブロンズの棚にそのまま置いてあるのを広太にサインして渡すと、「ベストセラーですね」と、皮肉をまぜて言った。

「そこの二人、なにしてんのよ」と、母が言った。

「……」

「アンタ、今日来なくてもよかったのに」と、母は強い口調で言った。

こういう時こそ電話で来なくてよいと大家にことづけてくれれば、無理に帰らなくて助かるのにと思った。どんないきさつで母の誕生日祝いということになったのか、嫩は知らなかったのである。

帰り仕度をしている嫩に、

「お母さんのお誕生日ですから、祝ってください」と、広太が言った。

「誕生日、誕生日って言うけど、いい年になってまで言うの、おかしいわ」と、嫩は不機嫌になっていた。母のように、たまには感情を出してみたかった。

「いい年で悪かったわよ。アンタだってもうすぐよ」と、母は言った。せっかく広太が来てサービスしてくれているのに、腹を立てている自分が、みっともなく、それに母への嫉妬と思われるので黙った。

「さあ、もうすぐです。先に誕生ケーキで祝ってください」と、広太は四角の箱の赤いリボンを解いている。

よく気のつく人だと思った。「ハッピーバースデー・縞子さんへ」と、ローマ字で書いてあるところへ用意のケーキ用のロウソクを立てる。細かく気のつく人なのに、嫩の新しい本の広告を見たというのに、嫩へは何も無いのかと、不満が走った。

「美味しそう」と、朋子が喜んだ。広太はライターで大きいロウソク六本と小さい四本に火をつけると「お母さん、吹いて消してください」と、言った。

広太がさっきからお母さんと言う度に、嫩は広太が夫で自分が女房、母は姑という順で、いまここにいるような錯覚が起った。広太が何故母を立てて機嫌を取るのか。嫩と広太との恋はもう終わっているのにと、思った。

母は、ロウソクの火に向って息を吹き、やっと火が消えると、朋子と広太は手を敲いた。何故火が消えると拍手なのか、それも分らないと、嫩は冷静に見ていると、

「さあ、ケーキカットはあとにして、こっちを先に」と、広太は料理を持ってきた。和風の料理がいろいろあるが、大皿に盛ったカツオのタタキが今日の主役で美味しそうであった。タレもついている。

これだけ出来れば、プロの腕前である。炭俵で一晩明かしたこともそうだが、不思議な人だ

った。

母はスリッパをぬいで、椅子の上に正座で座り直した。赤い長襦袢が裾から覗いている。

「料亭のコックになるのは、本当ですか」と、嫩は言った。

「ええ、ぼく包丁さばきが好きなんです。ペンより包丁持った方がずっと落ち着くんです」と、笑いながら嫩のブラウスの胸へ光った刃の先を向けた。古賀に、よくやられたものだったが、同じ動作でも、古賀と広太とでは、刃物が違って見える。

「どうぞ味を見てください。お母さんからまず」と、小皿に分けて勧めた。母から先なのかと、嫩はむっとしていると、

「お母さんと言われるの嫌なの。あたし、シマ子さんと呼んでと言ってるじゃないの」と、母は甘えた口調で言った。親しそうな様子はデートの「神様」であると思った。

母親として見るから老婆っぽく見えるが、他人の男でしかも孫ほど若い男から見れば、母もまだ「女」であるかも知れないと思った。

広太は、笑顔を母に向け、

「シマ子さん、どうぞ！」と、言った。

「ハイ、いただきます」と、母は気取って食べはじめた。

千夏が帰って来て「どうしたの？」と、驚いている。バースデー・ケーキと大皿のカツオのタタキ、他にもいろいろ並ぶテーブルを驚いて見ている。いつもの嫩の料理とは、あまりにも

違う。

「誰が作ったの？　こんなに」と、言った。

「千夏くん、大きくなったネ。誕生日いつ？　今度は千夏くんの番だ」

「……」

「今日は、おばあちゃん、いやシマ子さんのお誕生祝いで、腕をふるってます。食べて下さい。ぼく、コックになるんです」と、広太は言った。

「おばあちゃん、もてる！」と、千夏はおどけてみせた。

「千夏くん、部活でもてるんだって？　ドラムやってんだってネ」と、誰に聞いたのか、広太は言った。

「高校へ入ってから急に背が伸びたので」と、嫩が親バカで言った。古賀に似るのを心配していたのである。

嫩は文章を書くようになってから、PTAや運動会を始め、入学式、卒業式にも一度も行ったことがなく、ひたすら書くことに集中していた。

母のことを責められない悪い親であったが、「親がなくても子は育つ」と、皮肉にも思った。

「千夏くん、母親が作家になると、どういう感じ？」と、広太は言った。

「どういうって？」と、千夏は不思議そうに言った。

「母親の書いた文が新聞に出たり、雑誌に出たり、学校でも言われるでしょ？」と、また持ち出した。

「言われないよ。時々洋之介の孫と言われることはあるけどネ。教科書に出るから嫌だよ」と、言った。

「姉さんの文なんか、作文だってお母さん、いつも言ってる」と、朋子がカツオを口の中に入れたまま言った。

「原稿用紙ちょうだい」と、母は言った。

「……」

「あたし、ふたばよりずっと才能あるの。ただ書く紙がないから書かないだけよ」と、椅子に座った足を下ろして言った。

家で取材を受けると、母はいつも傍に来て記者の人に同じことを言うので、嫩は原稿用紙を渡していたのである。

「面白いお母さん。いや縞子さんですね」と、広太は言った。

嫩は、カツオのタタキは美味しく食べたが、ひどく疲れが出たので、バースデー・ケーキのカットにならないうちに、引きあげることにした。

6

目が醒めると嫩は、病院のベッドに寝ていた。薄暗い部屋であった。麻酔がまだ残っている身体は、重くて苦しかった。身体中のいたるところが、鉄板で押さえられているような感じで、重くて動かそうとしても感覚がなく、自由が利かない。麻酔がまだ効いていて鈍痛や痛いところをさすったり、動かしたいのにいうことを利かない。点滴の針が腕に入っていた。

結婚して貧困のどん底だった頃に住んだ「木馬館」をモデルにした連載小説が出版され、M賞を受賞して、パーティーは無事済んだのだったが、身体の不調で病院に行ったところ、すぐ入院手術となったのである。これまでにも年代の変る毎に、病気、入院を繰り返していたが、もう三十代が終わって、次の乗り越えの時期に入っていたのだった。約束のある原稿は事情を話し、締切りを延ばしてもらうことにして、ともかく入院に踏み切った。

『父・内藤洋之介』の後に出た本や、S誌に掲載の短篇小説その他を見てもらえないで、室尾燦星は亡くなってしまったが、今は三善琢治も亡くなってしまったので、三善の思い出を書く事に集中していた。一日も早く退院し、恩人である人への思いを書きたかった。

急な入院だったが、千夏が学期末テストを翌日にひかえながら手術前から徹夜のつき添いに来てくれ、始発の電車で帰って行ったのを覚えていた。前の手術の時も、術後血圧が急に下がり、危険だったが、今度も苦しくなって、千夏が医者を呼びに行って危うく助かった。病室のベルを押す力も無く、吐くばかりだった。

三善琢治の思い出を書き終わるまでは、死ねないと頑張った。『父・内藤洋之介』を書く時にも遺書のつもりで書いたが、一作毎に、嫩はいつも遺書のつもりで書いている。

ドアが敲かれ、回診の先生が看護婦と入って来た。切ったお腹の包帯やガーゼを取り替えながら、「傷口は異常なし。夕方には楽になれます」と、言った。

「腸の一部が病気に罹っていたので、太陽灯を当てて癒やし、卵巣も片方取って、これで安心です」と、言った。腸は前にも手当てしたのである。手術をしながら医者が同じ事を言ったのを覚えていた。「あと少しです」と、言われ、我慢したものの、三時間近く「あと少し」と、我慢させられた。

朝食は栄養の入った点滴用の液体を、吸い呑みから飲めるようになったが、他のものは何も飲めないほど弱っていた。家人のために料理は作っても、食欲が無くあまり食べられなかったので、過労と栄養不足と、言われた。

誰にも知らさなかったのに、友人の森舞子とS社のKさんが来てくれ、痛くて苦しいところをさすって寝返りさせてくれた。森舞子は初めての出版記念会の打ち合わせに室尾燦星の家へ行った折に会ったのが縁で、親友になっていた。父親が偉いということで環境が似ていた。不思議な事に嫩も三年後に舞子と同じE賞を受け、同じS誌のKさんが係の編集者だった。ひど

い寝汗を見て看護婦に着せ替えを頼んでくれ、寝たまま着替えさせてもらっていると、ノックなしに母と朋子が入って来て、

「あら！　見ちゃったわ。アンタの胸」と、母が言った。強い香水の匂いが気になった。

母には来なくてよいと固く言っておいたのである。

「アンタの病気、お医者さまに聞いたわ。気の毒に赤チャン産めない身体になって」と、言った。うれしそうな表情が、ぼうっとした視野の中で見える。

「あたしは完全な女よ。まだ子宮も卵巣もあるわ」

「でも」と、森舞子が言った。

「完全でも六十歳を過ぎていては……」と、言った。

「大丈夫、男さえしっかりしていれば。アンタ達と別れた後、何度もチャンスあったけど、わざと産まなかったの」

と、母は言った。

「女は赤ん坊産むだけじゃないわ」と、舞子が言った。

「そうです。仕事一筋に生きる女性もいるんです」と、Kさんが言った。

「へえ！　ふたばが一生職業婦人に？　あたしは死ぬまで女よ」と、母は胸に手を当てた。

母の香水と声が疲労を呼び、泥沼に足を突っ込んで身体が重く苦しい夢のような感じであった。

人前で眠ることは、絶対に出来ない嫩であるが、麻酔の残りと疲労感でもう我慢できなかった。気がつくと千夏がベッドの横で勉強していた。

「皆は？」と、聞くと「さっき帰った」と、言い、

「困ったおばあちゃんだ。病人に女同士を比べに来たようなもんだって、舞子さんが言ったよ」と、言った。舞子は家へ遊びに来て風呂へ入った時、母に覗かれたので、母を嫌っていたのである。

母は病的に自分の身体を心配するのに、一言の見舞の言葉もなく帰った。

7

「お待たせ」と、髪を茶色に染めた男のダンス教師が嫩の前に来た。

社交ダンスの教室へ嫩が来るまでには、退院後二ヶ月かかった。術後の不調は、母の口癖の頭痛、めまい、耳鳴り等があり、それに手足が痺れ疲れやすく集中力に欠け、息切れもあり、心臓まで弱くなった。

嫩は不調を訴えるのが嫌で、我慢強く医者にも行かず耐えたが、困るのは三善琢治の思い出を早く書き上げたいのに、頑張って書いても、すぐ疲れて眠くなることだった。

思い切ってダンスで丈夫になろうと思って、来たのである。

嫩が子供の時、二階で母はダンスを踊ったが、男と女が向かい合って身体をゆすっているくらいの、やさしいものである。もっと運動になるダンスを習い、健康になりたいと、思った。

「社交ダンス、初めてかしら?」と、茶髪先生が女言葉で隣りに座って言った。

背のあまり高くない二十歳を少し出た教師が、水商売の人の雰囲気で言った。嫩はダンス教室の空気に馴染めず、おどおどしていた。年齢に制限のあるバレエ教室は入れないし、テニスやピンポン等、昼間相手と待ち合わせて行くものも、向いていない。駅の広告で見た「中高年歓迎」の文字に、救われたのであった。だが扉を開ける勇気がなく、入口まで帰ってしまい、今日で数回目だった。場所が近く買物ついでに歩いて来られ、時間の具合も良かった。

「どうしてここへ入ろうと思ったのかしら?」と、また女言葉で言った。

「手術したので、健康になりたくて」

「あら? どこ切ったの?」と、胸の辺りに目を止めた。本当のことは言えないので、盲腸ですと、答えた。

「あら! アタシもよ、ホラ」と、吊りズボンの下のシャーリングのついたブラウスの裾を引っ張り、お腹の切った跡を見せた。白く若い肌が光っていた。

「覚えてね」と、ワルツの足型を教え、ワンにアクセントを置いて「アップ」と「ロア」するのだと説明した。ロアとは膝を低く沈めることだった。フロアに白墨で足型を書き、その上を歩いてみせるのであった。

「シャドウをちゃんと踏まないと、踊れないのよ」と、言った。

教室に入った時、白墨の足型があるので、何のためかと思っていた。

「さあ、踊ってみましょう」と、軽いシャドウのあと、向き合っての組み方を教えた。広いフロアに鏡が二面ついていて、向こうで常連の主婦らしい人が、二組踊っていた。

「ワン・ツー・スリー」と、先生は言い、「ボックス」は、ワルツの基本だと言った。

二曲くらい組んだあと「休みましょう」と、先生は並んでベンチに座り煙草を喫んだ。

「身体やわらかいですよ。素質ありそう」と、見えすいている世辞を言っては、煙草の煙を吐く。ダンスとも言えない動きでも緊張で汗がひどく流れ、用意の大きめのタオルがしぼれるほどであった。術後の体調が戻ってないのであろう。

茶髪先生は涼しそうな顔で、タオルも持ってない。

「お疲れなのネ、じゃ今日はこれで……」と、立ち上がって向こうへ行き「チケット頂きよ」と、ハサミで切った。先に買ったチケットを時間で何枚か切る仕組みだった。

アパートへ帰ると、再び汗が異常に噴き出し、そのまま風邪を引き込み、二週間は熱も出て、なかなか教室へ来られなかった。ダンスとはほど遠いシャドウを歩いただけでも、ひどい疲れであった。手術で体力を根こそぎ捥ぎ取られたことが分った。しかし運動したことは気分良く、さっぱりした感じでもあった。

「あら、しばらく。この間はどうでした?」と、茶髪先生は言った。

風邪を引いてしまったことを言うと、初めての人は、たいてい、どこか故障するの、と言った。

「お客さん、ご商売は何かしら？　学校の先生、当たりね！」と、一人で勝手に決め、相変らず水商売の口調で言うと「おごってもらおうかしら？　アタシ、ステーキ三枚も食べちゃうのよ」と、言った。

この間と同じ手順でシャドウを踏み、組んでワルツを少し踊って終わりだった。疲れるのを心配してなのか、踊るより話や煙草の方が多いのである。今日は、この間より少し多めに踊ってもらいたい不満はあっても、体力の限界でもあるし、あせらないで、ゆっくり回復に合わせて踊ってもらえればと、思った。

嫩はダンス教室へ行くことを自分に義務づけ、締切りや急ぎの用事が迫っていても、ダンスを優先させた。気がつくと週に二度は通えるようになり、疲労感は、その時はあっても翌日はすっかり無くなり、風邪も引かなくなった。集中力も出て来て小説も進み、手術前より机に長時間座っていられるようになった。ダンスは嫩にとって効果は大きく、最高のリハビリであると断言出来た。「ダンスなんかで遊んでいる間に、もっと小説書いたら」と、遅筆の嫩に皮肉を言う人がほとんどであった。しかし嫩は健康になって見返してやるぞと、言い訳や説明はやめた。小説の山場に必要なF県まで取材に行くことも出来るようになり、ダンスのおかげで、あと少しで書き上る予定だった。

入院がきっかけで、千夏の手柄もあって毎夕必ず帰って食事を作らなくても、母はヒステリーを起こしたり、わめいたりしなくなった。朋子と母をうまく説得してくれたのだった。二人で医者へ行った帰りに買物して帰り、朋子に言いつけて大鍋一杯の野菜の煮物を作らせて食べるようになってくれた。母は太りすぎがひどいので、おかゆと野菜だけにするよう医者に言われていた。千夏は前から自分のものは自分で作り、手がかからなかった。

ダンスのレッスンの帰りに、久しぶりで家に帰って食事を作っていると、

「ふたば！　どうしたの？」と、母が後ろに立って驚いている。また口紅のことかと、うんざりしていると、

「スタイルが良く健康そうになったじゃないの」と、言った。母にはダンスのことは言ってなかった。

「お姉さん整形したんでしょ？　目が大きく、鼻が高くなったと、お母さんが言う」と、朋子が言った。

母が賞めるなど、珍しいことで凶事の起こる前ぶれではないかとさえ思った。母は、嫌がらせに病院へ来てまで、女同士の競争をする人なのに、今度は何を言い出すかと恐れた。U駅近くに銭湯が出来て、術後は銭湯へ行くことにしたので、目方は測っていた。過労と手術とで痩せ過ぎだったが、次第に体力がついた上、筋肉がついて締ってきたのだ。

「もしかするとダンスかしら？」と、母は言った。子供の頃夜になると早く寝かされたので、

家の二階でダンスがあると嫌だったが、あの頃の母は痩せていた。

かくすことはないので、健康回復のためダンスを始めたことを言うと、

「家で、ダンスパーティーやらない？　あたしのダンス、アンタに負けないわ。若い男達、沢山集めてよ」と、母は言ったが、若い男好きをやめないのは、喜ばしいことであると思った。

もう広太も来なくなったらしいので、元の病室と化し、寝巻姿でいるのだ。

「仕事が一段落したら考えるわ」と、言った。

「恩にきせるわね。どうせまたあたしの悪口でしょ。もう小説なんか書くのやめてしまったら？」と、母は言った。

8

三善琢治の思い出は「天上の花」と題がつけられ、S誌に一挙掲載の運びとなった。S誌のKさんの助言と共に書き進み、術後の心配をよそに、予定より早めに脱稿したのである。仕事熱心なKさんの熱意とダンスのおかげであった。一番早く電報が来て「嫩さんは天才」と、言ってくれたのは洋之介の友人で子供の時に家によく来た上野千代だった。

文芸時評で賑々しく取り上げられ、間もなく単行本となり、新聞や雑誌でも長い間、話題になって、T賞とS賞の二つの文学賞を受賞した。

ダンスのおかげで体力がつき、健康になった上、念願の小説も書けたので、母の気紛れを機に友人を招いて楽しんでもよいのではないかと、思った。毎日書くことで一日が終わってしまい友達ともめったに会うこともなく、引き籠もりの暮らしだったので、岸上太郎はじめ「若い花」の昔、同人だった人や、世話になった編集の人達も呼び、感謝を目的とする集いをするのも悪くない。

踊れない人も、その場で踊れるように、茶髪の先生に来てもらい、軽いレッスン付きの集まりを考えていた。ただ食べて飲むだけでは面白くなかった。

「お願いがあります」と、茶髪の教師にレッスンが終わると言った。この頃は週三回行けることもあった。

「タンゴならもう踊っているじゃないの」と、言った。

前にお願いと言って、タンゴを早く教えてくれと頼んだので早合点したのであるが、事情を言うと、「スタジオ終了まで待ってくれる?」と、言った。

一度アパートへ戻ると、もう出て来るのは、めんどうであるし、目の前の山積みの仕事を見ては、やめてしまいたくなるだろうし、思いきって待ってみることにした。

思えば、夫と別れて以来、一日として気を抜いて遊んだことも、怠ったこともなく来た、遠い道のりだった。あえて言えば広太との釣りが唯一の楽しみだったが、それも束の間の儚《はかな》く散った線香花火のようで、最後の小さくなった赤い火玉が思いを残して散ってゆく瞬間さえ見えなかった。

仕事優先で広太を大事にしなかった上、思いを残しながら、追いかけても行かなかった。

広太の蒲団の上の髪の毛を見て、「捨てないで」と、自我を忘れて縋って泣く、ひたむきな女にはなれなかったのだった。

この家へ来て間もなく、まだ夫がいた時、「木馬館」で世話になった人達を呼んで、ダンスパーティーのまねごとみたいなことをしたことがあったが、夫は「シャーラップ！」と怒鳴って、一人で泊りがけで山登りに出て行った。古賀は山登りが唯一の趣味だった。それ以来、客を呼ぶことさえなかった。ましてパーティーを開いたことなどなかった。

嫩は、人が好きなくせに対人恐怖症がひどく、気楽に人と会えないところがあったが、この際、殻を破ってみようと思った。

「お仕事くれるの、うれしいわ」と、茶髪先生は言った。

最後の常連の主婦のレッスンが終わると、「お待たせ」と、嫩の横へ座って煙草を喫んだので、事情を話し、家へ来て軽いレッスンをしてもらえないかと頼んだ。うれしいと言われてもお礼のことを聞いてみないと、心配であった。

この世界は、主婦達の噂話を聞いていると、好きな教師に現金や車などをプレゼントするそうで、ついでにマンションまで提供する主婦も、珍しくないのだそうだ。

「お礼は？　どうすればよいのですか」と、おそるおそる聞くと、煙草を灰皿に押しつけて火

を消し、
「気は心ですから……」と、言った。心などと言われては、あとが心配なので、言って下さい
と頼むと、
「じゃ、チケット並みの計算でいいわ。それと出張の手当て下されば」と、言った。
それですむのならば、もう決定であった。二度めのレッスンの時「ステーキ三枚食べる」と、
言ったのを思い出し、近くの店へ入り日取りまで、決めることが出来た。

9

居間兼食堂は、時ならぬ賑わいを見せていた。ポータブルプレーヤーにＳＰのレコードを乗せ、ワルツの曲を掛けると、茶髪先生が、こういう時はさすが水商売の雰囲気を必要以上に出しながら、「ワルツ教えるわ」と、壁にくっついている客をリラックスさせ、フロアに立った。男の客はアルコールも無いパーティーなど来るのでなかったという顔であった。終わってからアルコールと料理を出す予定で、わざと出さないでいた。特に「若い花」の岸上太郎や同人達は、「ダンスなんかやめろ」と、いまにも言い出しそうであった。「若い花」は、「父・内藤洋之介」が本にまとまったあと二号出て散会となった。
茶髪先生のリードが上手なので、一人が真ん中に立つと二人、三人と次々と立って、俄かに

ダンス教室みたいになった。初めは嫌がった男の編集者の人達や森舞子、Kさんまでおそるおそるステップを踏んでいる。

白墨で足型は書かないが、ゆっくりわかりやすく、男の人の足型も教えた。男の人が覚えれば女は男の反対を歩けばよいのであった。男が足を出せば、女は反対に足を引く。社交ダンスは男性優先でリーダーなので、女は男の人にリードされる。みんなは照れながらも赤ん坊が歩くように一歩ずつ、まごついたり、止まったりで、よちよちと歩き出した。

「じゃ、先生とぼくとで」と、茶髪が嫩のことを言った。まだ学校の先生だと信じ込んでいるが、本当の学校の先生もいるので困った。

「アルコールがなければ、だめだ」と、遂に同人が言った。岸上太郎が持って来た一升瓶は、終わってからと考え、隠していたのである。酒入りダンスは邪道であることを主張したいと思っていた。飲んで男と女がくっつくのを楽しむ目的の人は、帰ってもらいたいと、堅く考えていた。

この機にレッスンを終りにしようと思ったが、あえて「アルコールはあとで」と、嫩は言った。

「相変らずだね」と、太郎は言った。

「まあ、今日は特別大目に見逃がそうか。良い仕事もしているし、我ら『若い花』の女王だったのだから」と、昔、口の悪かった同人の男が言った。

一瞬座が白けたが、他の客から拍手が挙がったので、茶髪先生とのデモンストレーションとなった。

「お似合い！　良いぞ」と、冷やかしや、座持ちの声が挙がり、初めての時のように冷や汗を沢山掻《か》いてしまった。

お似合いとか、良いぞとかでなく、スポーツとして、社交ダンスを踊りたかった嫩は、見当が違ってうれしくなかったが、今日はパーティーでもあるので、楽しんでくれれば良いことにした。

「下手ね！」と、母の声が、聞こえた。母は自分でダンスパーティーを言い出したのに、自分の部屋のベッドで寝ていたのだった。朋子はさっきから台所のカウンター越しに覗いていた。

「あたしの方が上手よ」と、母が入って来た。

「姉さんよりお母さま、うまい」と、朋子は普段着のままで母の隣りに来た。母は妊婦服みたいなワンピースを着て、人前に出られる姿ではなかった。日取りが決まった時から母に頼んでおいたのに、昨夕までベッドの片付けを固くこばみつづけた。パーティーなんかお断りと、気が変ったのだった。

「お母さん、おねがいします」と、岸上太郎が機嫌を取った。

「あたし、おじいさんより、若い方が好き」

はっきり言う母に、皆は笑って場をつくろった。以前母は家に来た太郎に「若い方とどっちが好い？」と、積極的に迫ったそうである。嫩の恩人に失礼なことを言う母だった。

「洋之介夫人、昔ダンスで鳴らしたそうですね。洋之介から聞きましたよ」と、太郎は言った。

「……」

「ブロンズの洋之介が見てますよ」と、太郎は台所へ入って一升瓶を見つけ、コップに注いで飲み始めた。もうこうなっては、禁酒を続けるわけにはゆかないので、自然にまかせ、忽ちアルコールの匂いが立ちこめた。

「ぼくと踊ってくれるかしら？」と、茶髪先生はタイミングよく、母を誘ってくれ、曲のリズムとは関係なく、踊るというよりお腹を抱えられて上体をゆすっている、嫩の嫌いなダンスとなったが、ともあれ母の勇気は賞められると、思った。

不機嫌だった母は、茶髪先生に身体をまかせ「若い人って良いわ」と、もう一曲頼んだ。

母のおかげでコップ片手に、ワルツやタンゴなど、見栄も忘れ、ステップもおかまいなしに勝手に、めちゃめちゃなダンスになって、足を踏んだり踏まれたりだった。

嫩は台所に入って、食事の用意を始め、温めるだけにしておいた料理を皿に盛ったり、焼いたり炒めたりした。形がどうであれ母が進んで身体を動かすなど、思いもよらぬことで、これを機にベッドから出て外に目を向けてくれればと、思った。

初めての馴れないパーティーは何とか無事に終わり、森舞子など家の近い人が残ったので、嫩のアパートで休んで帰ることになった。食器洗いや、掃除は明日片付けることにして、残り物を弁当箱へ入れた。嫩はもうすっかり健康になって食欲も出たので疲労感は、嘘のように無くなった。

アパートには千夏が来たことがあるだけで、友人を招《よ》ぶのは初めてである。編集者や取材の人と会う時は家か喫茶店と決めていた。母と朋子には電話では困らされたが、来たことはなかった。

悪いけど、よくこんな狭いところで四年も居られたという話で持ちきりで、「廂《ひさし》を貸して母家を取られる」とは、この事だと言われた。だが、このアパートで『うぬぼれ鏡』という初めてのエッセイ集と『木馬館』『天上の花』の三冊が出て、文学賞をもらう度、祝いの大きな花束は広めの出窓に出しておき、次の朝大家へ持って行くと、縁起が良いと喜ばれるのであった。

残り物を突つきながら、レッスン教室なのかパーティーか風変りな集まりだったが楽しかったと、話はつきなかった。

ダンスが人間の健康に良く、欠かせない運動であることを分ってもらえない不満は残ったものの、引っ込みがちの嫩にとって、思い切ったことをしたという満足感はあった。

第三章

1

十五年ぶりであった。嫩は自宅へ戻ることになった。自宅といっても母家には母と朋子が住んでいるので、庭先の小さな家である。猫の額ほどの庭もあった。

嫩は、北向きの四畳半一間のアパートから、近くの少し広いアパートへ移り、次に都心近くの小さいマンションへ移ることが出来た。六階の窓の高さの高速道路に車が走る騒音を伴奏のように、小説書きに専念し、著書も多く出版した。

久しぶりに自宅の一軒家に引っ越して来ると、見えなかったものが見えてきて、S区のU町も悪くないと、思った。街や近所の様子がすっかり変ってしまい、見馴れない田舎の風景のように見えた。

街の商店街も変り、店主の老けたことは驚くほどで、黒かった髪も白く、元気だった人も、しょんぼりして見え、息子の代になった店も珍しくなかった。浦島太郎もどきの気分であった。

十五年前は、北向きのアパートから、母と朋子のために買物して帰り、食事の世話から、掃除、洗濯まで果して戻り、疲れ切って入院、手術までした。しかしそのおかげで、二人は何とか自分の食べ物を作って食べるようになり、嫩は手を抜くことが出来るようになった。

千夏は高校の終わり頃から美術や映像の勉強を始めていたが、子供部屋では仕事にならず、庭先にプレハブの仮小屋を作り自分の城を持った。編集にも興味を持ち、大学在学中からデパートのPR誌の編集長を頼まれ、若者の人気を得た。

大学に入って間もなく、歌人の寺尾修主宰の劇団へ誘われて入り演出の勉強をしたが、そこで知った娘と卒業後、結婚した。プレハブの仮小屋の上に二階を乗せ、一軒家に改造して二人は住んだ。妻のT子との間に暫く経って夏夫という赤ん坊が産まれ、引っ越したあとへ、嫩が戻って来た形になった。母は相変らず心臓が苦しい、眼が廻るなどと言って夜中に度々二人を起し、新婚早々迷惑をかけた。千夏には通算十年余り、母をみてもらっていたので、今度は嫩が母の世話をする。

嫩は引っ越しの日、母達のいる母家で、運送の荒くれ男達と一緒に寿司を取って食べた。マンションの廊下に、後に「蕁麻《いらくさ》の家」と題した小説のまだほんの下書きであるが、大量の原稿用紙が裸で積んであったのを「紙屑ばかりの部屋だ」と、主任が怒った。時間がなくて明方まで、ダンボールや紙袋につめていたが、嫩にとって大事な原稿が未処置だった。アルバイトの若いもう一人が「紙屑でも、いまに値打ちが出て宝物になるかも知れません」と、かばってくれたのが、うれしかった。

引っ越しで気が散ったので、先にエッセイを片付けていたが、明日から本命の小説の原稿を書かなくてはならない。大きな宿題を抱えていたのだ。六階という高い所に住んでいたため、空中に浮く感じが身についていたので、大地に足がつくのは、気持が休まるのであった。家にいた頃の嫩は、雑草ぬきまで手が廻らず荒れ放題にしていたが、マンション住まいになってみると、テラスの鉢植えから、一本の雑草が生えても、抜かないで自然を大切にした。

家に戻ると、雑草ぬきが楽しみとなり、スコップで掘り起こして固い土をほぐしたり、嫩にとっては珍しいことを楽しんだ。引っ越しの荷物の整理はひとまずおき、仕事の合間にスコップで土を掘り返して花壇を作り、花を咲かせることを考えた。

風呂場の隣りの裏口の脇は、わずかであるが洗濯機を置ける空間があり、着替えも出来た。

「ふたば！」と、母の声が裏口から聞こえた。

「挨拶に来てよ」と、言った。今日も誰か来ているのか。

「実家の義妹なのよ」と、言った。

「挨拶にも来ないの」

引っ越した翌日から、母は誰それが来ているので、挨拶に来なさいと、いちいち嫩を迎えに来る。寝ているよりは良いのだが、仕事をやめて、知らない人に挨拶に行く必要もないので断ると、「あたしの顔をつぶすのネ」と、怒る。

居間のソファは相変らず倒され、病室化していたが、朋子の話によると病院の看護婦や近所のおばあさんや子供など、ベッドの中にまで人を入れ、寝ながら話していると、言う。前は、友達や知人が来たことはなく、あえて言えば広太くらいであったが、ベッドは行き過ぎでも母もようやく人づき合いが出来るようになったと、思った。それは、母にとっての大きな進歩で良い事であるが、いちいち嫩を呼び出すのには困った。

「あたし、死んだら実家のお墓に入る。だからちゃんと挨拶しておいてよ」と、いきなりお墓のことを言った。

「……」

「あたしが死んだら内藤家のお墓へ入れるつもりでしょ。お断りよ。姑、小姑達にお墓の中まで虐められたくないから」

お墓のことなど、今まで考えたこともなかったが、言われてみれば母の言う通りでもある。手を洗い母家に行くと、母の死んだ弟の嫁という人がいた。母の両親や兄弟は、嫩の赤ん坊の頃病死したので、この人だけが身内であることは聞いていた。

「お顔はよく雑誌や何かで見ています」と、母の義妹は言った。嫩の方もどこかで会ったことがあるような顔だったが、母がまだ一緒だった子供の時に、会ったことがあったのか。

母の居所を捜す時、母方の親類を捜せば、手がかりがつかめるかと思ったが、住所が分らなかった。戦後間もなくNHKラジオの「尋ね人」という番組があって、母を捜して欲しいと、申し込んだ。母は札幌で偶然にもそのラジオを聞いたそうだが、わざと名乗らなかった。

嫩が落ちぶれ、乞食のような暮しをしていたら、かかわりたくないと思ったからだと、言った。嫩の方は、母が落ちぶれていたら夫を説得して、「木馬館」に引き取るつもりでいたのだった。朋子も引き取ったので、四畳半に五人暮すことを覚悟していた。まだ三歳ぐらいだった千夏が、そのラジオ番組のことを覚えていて、後のエッセイ集に、四畳半の部屋で毎日夕方になると、尋ね人を捜すアナウンサーの声が聞こえ母が熱心に聞いていたと、書いた。

「お母さんに会えて良かったですね」と、母の義妹は言った。

「……」

「シマ子さん、好きなように生きて来て、最後は捨ててきた娘さんに拾われて幸せですよ」

「娘が、もう少し優しければ」と、母が言った。

「シマ子さん、それはぜいたくです」

「あたし、この人好きじゃない。分んないから、何考えているのか。父親そっくりだからいやなの」と、母は嫩を指さして言った。

「……」

「お墓たのむわ。実家の墓の方が安心よ」

嫩は自分の家へ戻り、軽い食事を作り、母家に持って行った。朋子が、母はお墓のことで興奮してお昼も食べさせてくれないと、訴えたので、もう仕事は出来ないのを覚悟した。空腹が何より、朋子には悪いのである。

「あたしの死後、この人の世話になるから、友達に預けてきたお金皆あげようと思うの」と、言った。

嫩は、預けてきたという夫にもらった手切金のことなど、どう使おうとかまわないし、この人がお墓の世話をしてくれるのは、ありがたいと思った。

「内藤家のお墓へ入るの嫌よ！」と、母は突然怒った。喜怒哀楽の感情の激しさは、いよいよ大きくなっていた。G県にある内藤家代々の墓は嫩が管理しているが、戸籍上は肉親でない人でも入れるものか、考えたことも知識も無かった。

「聞いて下さいよ。ふたばときたら冷たい女よ。おかあさんと甘えてもこないし、甘いものくれても、苦いのよ」

「……」

「ふたばが男だったら良いのに、女同士って嫌ねえ。千夏の方が、百倍も千倍も魅力があるわ」

母は、ひどく興奮している。トイレへ入ったのを機に仕事があるからと引き揚げ、無駄な時間を潰された後のやりきれなさで、スコップに力を入れて土を掘り返した後、仕事に入った。

2

「こわいよう」と、裏戸を力一杯敲く母の声がする。嫩は、またかと思ってペンを置いた。

母家と向き合っている上に壁の薄い安普請なので、母の声は筒抜けだった。もともと母の声は大きかったが、家に戻って来ると、更に大きくなっていた。つられて朋子まで母に負けない大声を出すようになった。二階の嫩のいる仕事部屋に筒抜けなのである。

階下へ下りて行くと、風呂場の入口の洗濯機の横のわずかな隙間に、母は巨大なお尻を突っ込んでいる。嫩が帰った時から、裏戸は一日中開けておいてくれと、言うのだ。理由は、千夏がいた時と同じにいつでも自由に出入りするからと、言う。嫩は、断っても無駄と分っているので、二階の書斎だけは入らない約束で、母の言うなりになった。

「朋子がどこかへ行っちゃったのよ、あたし一人にして。一人じゃいられないのよ、怖いのよ」と、言った。母は、一日中朋子と離れず、トイレも戸口の前で待っているので、嫌だと、朋子が言った。

近所のおばあさんや子供を呼んで楽しむこともやめ、義妹も来なくなり、代わりに、朝から一日中二人の大声のお喋りが聞こえるのであった。

注意すれば、逆に怒って苦情を言いに来るので、ボール紙に「静かにお願い」と、書いて朋子に渡すより手だてが無かった。しかし、効き目はまったくなかった。

「ここで、帰るまで待つよ」と、いよいよお尻を深く狭い隙間に闖入《ちんにゅう》して来た。

朋子は一人で簡単な買物くらいは、出来るようになったので、買物に行ったのであろう。母が家に来てから母のものぐさをマネしたように、朋子も母以上の不精者となったが、嫩の入院を機に少しずつ元に戻ったのだ。

「仕事が出来なくて困るから帰って」と、嫩は言った。

「仕事仕事って何書いてるのか知らないけど」

「忙しいのよ」

「帰れ、帰れって、この家へ来ていいって言ったの、アンタでしょ」

母は、赤ん坊みたいに甘ったれの表情で、どかんと横に寝てしまい、どうかしたのか身体の力も抜けている。

母が恋に狂った頃、夕方になると出掛けて行き、暗い家に幼かった二人は毎夜置き去りにされた。門の前に下駄の音が聞こえると、父かと思い、靴の音が聞こえると母かと、犬のように敏感に聞き耳を立てた。朝になると泣き疲れて眠っている姉妹の前で、母と恋人は抱き合っていた。祖父が病いで倒れ、G県へ洋之介は帰っていたが、戻ってからも母の朝帰りは続いていた。

嫩と朋子の二人揃って、高熱を出し苦しむ夜も、母はいなかった。アリスが落ちる穴のように、底無しの暗い谷底へ、どんどん落ちてゆく、同じ恐い夢の中で苦しんだ。母はどこへ行ってしまったのか、麻疹《はしか》や百日咳等の熱に浮かされる夜が続き、三善琢治が来て助けてくれたこともあるのだ。

今日は早めに仕事をやめ、久しぶりにフラメンコのレッスンに行く予定だった。久しく行かなかったので、身体の調子が良くない。前に家でダンスのレッスンつきパーティーみたいなことをした後、お礼かたがた茶髪先生の教室へ行った時だった。更衣室で見てはならない光景を見てしまい、嫩はダンスは良くても有閑マダムの多い教室をやめ、学生専門の教室へ移ったのである。学生のクラブ活動で競技ダンスという激しくハードなものであった。嫩の名前を知っている女の教師が特別ゲストで入門させてくれたのであった。

ハードなレッスンなので初めは苦しくても体力はいよいよつき、十センチのハイヒールで走る力は学生に勝るとも劣らなかった。

週に二度、十年も熱心にレッスンを続けたのだが、次第に教師がヒステリー持ちで、むら気になった。プライベートの不機嫌を八つ当たりするのだ。自分は年上の「じじい」のくせに嫩に「ばばあのくせに足上げるな」と、言う。ダンスは身体に良いのであるが、思い悩んだ末に一人で踊れるフラメンコのクラスレッスンに行き始めていた。

内輪のおさらい会もあるので、あまり長く休んでいると、他の生徒に迷惑になる。

母とは、もう話すこともなかった。

おとなしくしていれば、座り込まれても、二階で仕事が出来ないこともないのだが、母が家にいると思うと、それだけで気が散る。

普通ならば、親が傍にいた方が安心で、逆に仕事もはかどるかもしれない。しかし、そこが育ち盛りに離れていた母と娘の厚い壁なのである。

もし洋之介ならば、進んで家の中へ通し、書斎であろうと寝室であろうと、好きなところにいてもらうだろう。

母には、嫩との壁が無いのか、無神経なのか、土足で入って来ようとする。

札幌での再会の日の夜も、嫩が無理に先に入らされた風呂へ、ノックもなしに母が裸身で入って来て、嫩は失神しそうになった。女同士を比べる母の厳しい眼が光っていたのだ。

「四十までよ」と、母が言った。何のことかと思っていると、

「アンタの女盛りは。楽しみよ、あたしみたいになるのを早く見たいわ」と、嫩の身体をかくしている手拭いを、母はひったくって言った。

嫩は、母を女として見ることなど、考えてもいなかった。

「ふたばったら、片輪なのかしら？　全身見せないの」と、夫に言った。

母を放って、嫩は仕事するしかないので、二階の書斎に入り、扉に鍵を掛けて、様子を見た。

「家の中で鍵かけるなんて！」と、扉のハンドルをガチャガチャさせ、母が叫んだ。

「母親を泥棒扱いするのネ。それならばこっちにも覚悟あるから」

仕事にならないので、扉を開けると、寄りかかっていたはずみで、母はどすんと尻もちをつ

き、白い大根足を見せて、ひっくり返った。ブラウスのボタンがはじけて飛び、胸がとび出した。大きな両の乳房が見え、羞恥もなく隠そうともしない。

「あたし洋之介の書斎の外で、よくこうして待ったわ」と、言った。

「……」

「一人にされて寂しくて……」

母はひっくり返ったまま、機嫌よく足や胸を出したままでいる。嫩を洋之介と間違えているのか。

「でも、お父さん、一度も怒ったりしなかった。うるさいとも言わないわ」

「一番愛したの、お父さんよ」

「……」

「あたしをホーさんと呼んで、しょうのない人と笑うの。ぼーっとしているからホーさんなの」と、言った。

遂にフラメンコ教室へは、間に合わなくなってしまった。

3

嫩が外出する時、母家の台所の前を通って行くことになる。帰る時も同じで、いわば台所の戸口は母達の「改札口」みたいなものだった。

一日中、大声を挙げ嫩の行動に目を光らせている母は、テラスに籐椅子とテーブルを置き、甘いものを食べながら、嫩の家の窓ガラス越しに、行動を観察しているのが日課だった。うるさくても、ベッドに一日中寝ているより、まだいいので、わざと見えやすいように窓を大きく開け、カーテンを引かないようにしていた。

仕事の時間は決まっているので、夕方以後は取材や来客の無い時は、無理にもレッスンに行った。母に邪魔されないように、朋子に頼んでおくこともあった。

母にとって、嫩の自由時間ほど気になるものはないのだった。

「あたしに黙って、どこへ行くのよ」「男のところへ行くのネ」などと、言った。答えないでいると、

「大きな袋背負って、男とハイキングでも行くのネ」と、しつこい。

衣装袋にはフラメンコ用の、嵩張るスカートが入っているので、朋子と勝手に想像しているのだった。袋の中に何が入っているかという二人の会話が、やかましく書斎にひびく。

嫩が窓を閉めると、外出と合点し、二人は台所の戸口の前で待機するのだった。「朋子！早く、どこよ、早く」と、母の声が騒がしい。

「一人で見ればいいのに」と、朋子が言う。

戸口の上下の隙間に、四つの光った眼玉が外から見えている。眼だけ四個並んでいるのが、子供の時、眼だけ動くロボット人形がいたのを思い出して、おかしかった。

帰りの時間は、いつも決まってないのに、帰りにも四つの眼玉が光っているのは、不思議だった。

今夜は何故か眼玉が光っていなかった。暗い筈の嫩の家に、電気が点いていて、鍵を差し入れていると、家の中に人のいる気配がした。

泥棒かと一瞬思ったが、鍵が掛かっているので、自分の思い違いであるとも思った。鍵を穴から抜いて扉を開け三和土へ一歩入ろうとした時、洗濯機の横の裏口のところで、急いで外へ出て行く母と朋子の姿が、折り重なっているのが見えた。

まだ帰らないと思ったのか、それとも時間の計算を間違えたのか。

初めて入ったのか、それともいつも入っていたのか？

そういえば、ベッドのシーツの上に見馴れない赤いボタンが、落ちていたこともあった。おかしいと思ったが、そのまま忘れてしまった。時には床にハンカチーフが落ちていたり、食卓に茶碗が出ていたりする。

「あたし達が何かしたって言うの?」と、母がヒステリーの声で言った。

嫩は、何も言わないで母家のテラスに立っていた。

「入らないよ。ねえお母さま」と、朋子が言う。

嫩はあえて言葉を出さないで、じっと立っていた。

三人は暫く睨《にら》み合いの沈黙が続いた。母と朋子は興奮して赤い顔である。

「いつも入っているのね」と、嫩が言った。

「あたしは初めて」と、朋子が言った。

本音をつい言ってしまった朋子は、自分の失敗に気がつかないでいる。

「アンタが悪いのよ」と、母が言った。

「……」

「どこへ行くのか知らせもしないし、取材だか何だか知らないけど、お客が来ても誰なのか紹介もしないし」

母は編集者や取材の人が来ると、必ず顔を出しに来る。あとから朋子もついて来るので、窓を閉めて、母家から見えないようにするが、どこに隠れているのか見つけてしまう。

「秘密主義だから」

「……」

「暴いてやろうと思ったの」

「何を暴くの？」と、嫩が言った。

「婚約者がいるってこと、証拠物件捜して突きつけてやりたかった」と、母が言った。

話にならないので、黙って家に戻った。母は自分は男にのみ生きたのを忘れ、嫩に男がいては罪悪であるとでも考えているのか。

暇をもて余しているから困るので、趣味を持つよう勧めても、耳鳴りがする、眼が疲れる、血圧が上るなどと、いつも決まったことを言う。

台所の棚の上の花瓶を下ろそうとしたのか、食卓の上に張ってあったガラス台に大きな亀裂が入り夥《おびただ》しいガラスの破片が散乱している。朋子を食卓に上らせたのだ。三本足の食卓なので、ぐらついた瞬間、落としたのであろう。花瓶の中に秘密が隠されているとでも思ったのか。

二階を見ると、整理ダンスの引き出しが、すべて開き、下着だけが引き出されている。閉めるのを忘れてしまったのであろう。娘のパンツなど見て、どうしようというのか。

裏戸は一日中開けておくが、二階には入らない約束だった。

千夏夫婦がこの家にいた頃、妻のT子が「とても気味の悪いことがあるのです」と、言ったのを思い出した。若い夫婦の行動を覗いていたのだろうか。覗くのが母の趣味なのか、留守の家に入るのは、スリルがあるのか、ありもしない秘密を発見するのが楽しいのか。

祖母がお手伝いに買物に行かせ、女中部屋の行李《こうり》を開け、中身をしらべていたのを思いだした。母も嫁に来た頃、姑の祖母に覗かれたので、いまお返しをしているのか。

台所の花瓶の破片に掃除機をかけ、二階のタンスを元に戻し、ついでに家中を掃除したあと、風呂を沸かして入った。水道はかなり前に引かれたが、トイレは最近やっと水洗に改善された。他人ならば、警察へ訴えるところだったが、親であればそうはいかなかった。

湯船につかって、疲れを取っている時、ふと、壁の隙間に動くものがあった。新しい部分の壁と前からあったプレハブの継ぎ目のパテが剝がれていたのに気がついた。手軽なプレハブなので、あちこちに隙間があった。

例の四つの眼が、タテに動いていたのであった。

母と朋子が、嫩の入るお風呂の音がすると、飛んで来て、覗いていたのか。

そういえば、入浴の時、時々、外で声が聞えていたが、眼玉も光っていた筈なのに気がつかなかったのだ。もともとあった隙間をよいことに大きく剝がしたのであろう。

4

庭先のテラスで、母と朋子のおだやかな話し声が聞こえていた。こんなことは珍しいことである。

仲の良い時の声は、小さくゆっくりで、喧嘩の早口の大声とは、人が違うようである。

二階の窓から見ると、朋子がテラスへ出した椅子に座り、背後に母がいる。

母は、手にハサミとカミソリを持っている。

「どうかしら?」と、朋子の髪を眺めている。

「もっと切ってよ」と、朋子が言った。

いつもは床屋でカットして来る朋子を、今日は母が自分でカットしてあげると、言ったのであろう。母が床屋の真似事が出来るなど、初めて知ったことだった。

母は、今日はきちんと和服を着て、髪もセットしてある。美容院へは、医者通いのついでに、この頃まめに行くらしかった。ヘヤダイで紫や黒に染めて来る時と、白髪のままセットだけの時もある。おしゃれは良いことであるが、せっかくセットしても、一日中ベッドに入っているか、嫩への干渉の暮らしでは、勿体なかった。

こんな日こそ、仕事のロスを取り返そうと、思った。

引っ越し屋の男が「紙屑の山だ」と、言った原稿を、一日も早く宝の山に変身させなくてはならない。

留守に入られたり覗かれたり、一日中監視されたりで、集中出来ないことが多く、思うように進まなかった。

大工を呼んで、風呂場の穴をふさぎ、鍵屋に頼んで、取り替えたが、手早くもう合鍵を作ってあるらしい。

風呂場も、別のところに新しい穴を作っている。「無理が通れば道理引っ込む」で、もう母のエネルギーには逆らわないことにする他なかった。

今朝のように二人仲良くしてくれれば、十倍も仕事が出来るのだった。こんな平和がいつまでも続くことを願っていた。

テラスから、ハサミの音や、仲のいい時の話し声、笑い声が続いている。あまり平和過ぎるので、怖いようであった。

「ふたば！　ちょっと」と、母が呼んだ。ヒステリーや興奮した声でなく、機嫌のいい声である。

相手にしないと、せっかくの機嫌を毀《こわ》すことになるので、二階の窓から、嫩も精一杯笑顔を出した。

「そんなところからじゃ見えない」

「お母さまが刈ってくれた髪見てよ」

嫩は原稿に後ろ髪引かれる思いで階下へ降り、裏口のサンダルを履いて、二人のいるテラスへ行った。中庭には誰が植えたのか名の知れない白い花が咲いていた。

母のオカッパ頭と、朋子のオカッパ頭の二つが並んでいた。母の白髪、朋子の黒髪は、頭の形がそっくりである。

「上手に刈ったわね」と、賞めた。

「朋子に床屋教えたのよ。案外器用よ」と、母は言った。

荒れている時の母や朋子とは、別人のようである。

それにしても、朋子が刃物を使えるなど信じられない。母も母で、一日寝ている暮らしなのに、不思議な特技を持っているものだ。

持っている刃物は、カミソリとハサミである。

朋子の前髪は眼の上で切り揃え、ちょっとマンガチックであっても、一応はちゃんと刈られている。

嫩の子供の時、学校から帰ると母は鏡に向って座っていた。黒い髪の毛が新聞紙の上に沢山切り落とされていた。洋髪からオカッパと言われる断髪になったのである。あの時、母は自分で髪を切った。

「床屋へ行くより、テラスで切り合いっこすれば、お金もかからないし、早くていいでしょ」

と、母が言った。

朋子がカットしたという母の髪は薄いので切りやすかったのか、一応切り揃っている。千夏が、赤ん坊の時一度だけ嫩がカットしたことがあったが、思うように揃ってくれず、むずかしかった。

「ついでにふたばのも刈ってあげようか。でも髪が多いからだめね」と、母は尖ったハサミの先と、カミソリの光った刃先を嫩に向けた。機嫌は良くても、決まって揺りかえしというのが来て、大暴れになる怖れがある。何とかうまく、この場を断れないものかと、考えていると、

「ああ、そうだわ。ふたば、外国旅行までだって朋子が言ったわネ」
「……」
「三十万くらいは、貸せるよ。利息つけて返してくれれば」と、言った。
「千夏君なんか寺尾修の劇団でドイツへ行った」と、朋子が得意な顔で言った。
「そうよ、アメリカの何とか賞でアメリカも行ったよ」と、母が言った。

外国旅行など、嫩は考えたことはなかった。

今日は、どうした日なのか。床屋から外国旅行へと、飛躍した。母も満更でもないと、見直した。

引っ越して来て、一日も早く「紙屑」を「宝物」に変えなくてはと悪条件の中で、必死の思いで机に向い、書いているが、あと一歩のところで、何を書くべきか自分でも、分らなくなっているところがあった。

母と別れたあと、母代わりの祖母の勝は嫩を「厄介者」「居候」「母無しの醜女」と、苛《いじ》めた。着るものは洗い替えの二枚のみで食べものは残飯だけだった。空腹でお代わりの茶碗を出す嫩に「居候のくせに」と、茶碗を投げ返した。茶碗の中へ涙をポタポタ落としたものである。女学生になると「鬼も十七と言うけど、鬼は鬼でも醜女の鬼」と、蔑《さげす》んだ。空腹と自棄《やけ》の余り、腹一杯食べさせてくれた男に無知故に犯され、赤ん坊を死産した。内藤家を穢《けが》した嫩を除籍し、裸で追い出すことを考えていた祖母にとって恰好の理由づけとなったのだ。これだけは書かなくては死ねない思いだった。書いて暗闇のトンネルを突きぬけ、明るい世界へ行きたかったのである。

いっそ視点を変えるために、旅行してみるのも、悪くない。嫩は旅行嫌いで、国内旅行でさえ、よほどの仕事以外は、行ってない。

「行くならばどこゆくの？」と、朋子がもう決めたように言った。嫩は、外国へ行くならばスペインで、アメリカやドイツ等へは行きたくない。

フラメンコの本場で、ジプシーの踊りと言われるフラメンコを見たり、習ったりしたい。

「思いきって、スペインへ行ってみようかしら？」と、嫩は言った。

「そうよ。お母さまの気が変らないうちに」と、朋子が気の利いた事を言った。

二人の機嫌の良い間に、少しでも机に向かいたいので「アリガト」と、言って嫩は引き揚げることにした。

「蟻が十匹いるのネ」と、朋子が駄ジャレを言った。

母が機嫌良いと、朋子もひととき正常になるのだった。

こんな日がたまにはあるようにと、心の中で祈らずにいられなかった。

5

パリの上空を女三人を乗せた飛行機は飛んでいた。フラメンコ教室の生徒達は、誰でもがスペインへ行きたく思っていて、航空運賃の安いアエロフロートのキャンセル待ちをしていた。三人申し込んだ一人が、行かれなくなったので、折良く嫩が代わりに行くことになった。

上空から見たパリの街はネオンが美しく、戦前は洋之介が行きたくて、行かれなかったパリを代わって見て来ようと思った。シベリア経由のスペイン行きは、パリで一度下りて乗り換えなくてはならないので、いっそ往復三日間ずつパリで過し、オペラ座やフレンチ・カンカンなど見ようという相談がまとまった。全部で一ヶ月半の予定だった。

千夏が家まで迎えに来てくれ、一緒にタクシーで羽田へ向う間、千夏は、実はT子と別居していると言い、夏夫はT子に引き取られているが親権は千夏にあると言った。離婚となれば三代続くので、血筋なのかと苦笑した。母と朋子は、台所の戸口の前に並んで送ってくれたが、「この鍵でゆっくり楽しめるわ」と、母が言い、「のぞき穴あけるの楽しみ」と、朋子が言った。留守に何かあると困るので鍵を渡したのである。

千夏が「まだやっているのか」と、自分達もさんざ入られたと言い、やはり昨日今日のことではないことが分った。母がお金を貸してくれたのは、楽しみの入場料だったとしても、この際、嫩は外国へ行くことが、収穫になるのだからと、思った。

狭苦しい席に長時間足をちぢめているのが苦しく、続けて出て来るチキンの塊りにも手をやいた。食べるより小説を考えていたかったので、アナウンスや配膳もなく静かにしてもらいたかった。

ドゴール空港は、世界の人種が集まり、賑わっている。どこからか人が集ってはまた去ってゆく、不思議な空間であった。

黒い美人が、ベビーカーに入れたやはり黒い赤ん坊を、弾力のある黒い肌に、白眼だけが光っている夫に抱かせながら、何やら大声で叫ぶように言い合っている。円形のベンチでは白人の若い男女が、旅行カバンを足元において、しきりにキッスをしている。日本人らしい団体もいて、どこへ行くのか急いで歩いている。

嫩達三人も、逆に、国籍不明の珍しい人種と見られていたのか、青い眼の子供が寄って来て、珍しそうに眺めていた。

日本円をフランに両替したあと、旅行カバンを引きずってタクシーを拾い、シャンゼリゼの通りから少し入った予約してあるホテルへ、ひとまず着いた。嫩はシングルの部屋で、同行の二人はダブルの部屋であった。

ホテルに荷物を置くと、凱旋門の方へ向けシャンゼリゼ通りを、女三人のお上りさんは、ぶつぶつ言いながら歩いて行った。二人の女は羽田空港から、教室でフラメンコを踊っている時とは、人格が変ってしまっていた。外国が初めてなので緊張しているのだ。カフェテラスのテーブルへ着くと、一滴も飲めない女達は、ボーイがまずアルコールの注文を取るので「ノー」と言うと、軽蔑の笑いが返って来ることにも、苛立っていた。嫩は、ボーイの彫りの深い顔を見る方が楽しかった。二人は思っていたものとは全然別の料理が来たことに腹を立てていた。フランス語がだめで、当てずっぽうに安い値段のものを頼んだからである。それなのに同行の二人はフランス語が読めると、張り合っている。

それに嫩が水を三杯も注文したことも怒っている。普通の水一杯でも計算に入るのを知らなかったのである。

あわてて水の代金を返したものの、機嫌は直らない。オペラ座を見るか見ないかで揉め、バスツアーでフレンチ・カンカンに行くか、それとも別のツアーで行くかで揉めたが、嫩は、すべて二人に任せ、発言は一切しなかった。

今頃母達は無事でいるだろうか。そっちの心配の方が、嫩には問題であった。

一分でも一人でいられない母が、朋子の首へ紐をつけて、引っ張っているか、それとも仲良く髪を切り合った時のように、機嫌良い親子でいるか。楽しみの嫩の家宅捜索は、どこまで進めているのか。それに千夏のことも心配のタネであった。無理に一緒にいるより別れた方が良いことは経験で分るものの、夏夫はまだ小さい。しかし千夏も、T美大の講師になったほどもう大人なので、なるようになるであろう。

パリのホテルで二泊するので、フレンチ・カンカンツアーに行ったあと、見たいバレエが来ていたので、オペラ座を見るまでは一緒に行動し、あとは自由行動で美術館を見て歩いた。苛々している女達は、母達より始末悪く、早くスペインへ行って二人と別れたかった。

フレンチ・カンカンも、オペラ座のバレエも、予想より面白くなかったが、オペラ座の天井一杯に描かれているシャガールの絵画が、壮観であった。嫩は絵画を見るのが好きで、戦後間もなく外国から来た絵も千夏を背負って見に行ったものである。スペインでは何といってもプラド美術館へ行きたかった。

最後の夜、一人でブローニュの森へ行くと、あちこちの暗い樹木の繁みのところで、美少年がじっと立っていた。小柄であるが、美しい顔立ちは、惹き込まれる思いであった。一夜、買ってくれる男を待つのであろう。

イベリヤ航空は、ピレネー山脈を越えてスペインへ入って行き、一時間四十五分でマドリッドに着いたと知らせるスチュワーデスの案内があった。今度は早いと思っていると、もうビルの建物が眼下に見え、バラハス空港へ到着した。

空港で今度はペセタに両替したあと、タクシーで一路マドリッドへ走る。嫩は、プエルタ・デル・ソル広場のすぐ近くのホテルに予約してあるが、二人は近くのペンションであった。嫩は、宿泊だけは一人でなくてはだめで、個室を取っておいた。

小さいがバスもついているので、入って寝ようと思ったところへ、二人が来てバスが無いので毎日入れてくれと言う。初めからそのつもりだと言ったがスペインへ来てまでも喧嘩するのが嫌で、自由にさせた。

スペインへ来て小説を書くことは不可能であるが、エッセイの仕事を持って来たので、午前中を仕事に当て、原稿を日本へ送り、あとは三人でフラメンコ教室へ通った。目的はアモール・ディオスと言うフラメンコ教室専門のビルであった。フラメンコギターを習いに来ている日本人のギタリストもいた。三人は初級クラスへ入ったが、日本の上級クラスのレベルであった。マリア先生という優しくおだやかな先生が、それぞれを賞めてくれ、嫩はカスタネットを賞められた。

先生は良いし、レッスンも楽しいがレッスン料が意外に高いことと、アンダルシアのバスツアーに申し込んだ日が来たので、レッスンを暫く休むことにした。

一週間、コルドバ、グラナダ、セビリヤ等アンダルシアを見て歩き、あとは自由行動にさせてもらった。二人はマドリッドのデパートのバーゲンでの買物を楽しみにしているが、嫩はプラド美術館へ毎日でも足を向けていたいと思った。まだ一度しか行ってなかった。

ゴヤ、ベラスケス、ルーベンス、グレコ、ムリーリョ等を見たあと、裏のレティロ公園のベンチでアグアとサンドイッチで、一人でぼうっとした時間を持ちたかった。

一八一九年フェルナンド七世の時代に王立美術館として発足し、スペイン王朝の三百年間に収集した絵画を陳列してあるという。三千点に及ぶ作品が目の前に迫って来るその壮観さに、感激の余り疲れてしまうほどである。

特にスペインが好きで来たわけでもなく、単純に母の気まぐれに乗じて、フラメンコを習うためと、小説の発想転換を求めて来たのだった。だが、プラド美術館はあまりにも多くの刺激と収穫がありすぎた。うれしい悲鳴を一人で思う存分挙げたかったのだ。

このレティロ公園も昔、王室の庭園だったそうで、スペインと今はない王室の関係は、切っても切れないものなのが分った。特に歴史の勉強もしてこなかったが、来る日も来る日も、プラド通いで、フラメンコ教室は初めに通っただけであった。夜のフラメンコショー見物のつき合いも、一度で断った。

「絵葉書買えば、安くてトクじゃないの」

「スペインへ来て、絵なんかバカよ。デパートでバーゲンを買って帰らなきゃ」

「アンタ、変り者だって評判よ」

二人の女達は、かわるがわる嫩を非難した。しかし何と言われても、足はプラドへ向いてしまっていた。

プラド美術館の虜になってしまった嫩は、ゴヤの三百号もありそうな絵の前で立ち止まった。もう何度も見ている絵だった。絵としては、グレコの紫の法衣を着た美少年「福音書記者聖ヨハネ」が一番好きであるが、ゴヤの辛辣な風刺の画面に閃《ひらめ》いたものがあった。ゴヤには貴族や王室を風刺した作品が多いが、「カルロス四世の家族」が、書き悩んでいる長篇小説の主題に、つながるものがあったのである。

6

スペインから帰ってほとばしるように筆が進んだ。

ゴヤの「カルロス四世の家族」からの閃きが役立ったのだ。王妃マリア・ルイザの醜悪な顔が、王家の主役で、真ん中に陣取っている。色と欲をほしいままに貪《むさぼ》り、おとなしいお人好しの夫を、横に従わせている。ゴヤは偽善に満ちた王家の家族を客観的に見ている自分を、背後に入れて描いている。嫩の小説のモチーフにそっくりであった。王妃マリア・ルイザは一家の柱として牛耳っていた祖母の勝である。違うところは王妃マリア・ルイザは勝手なことをしたが、孫には愛があったようである。

スペインから帰ると、母と朋子に土産を渡し、三十万円を返したあと、すぐ机に向った。嫩も貯金を下ろして持って行ったが円の持ち出し制限があったので、足りない分は千夏に送ってもらい、何とかまかなえたのである。

案の定、家の中は引き出しという引き出しから下着が散乱し、洋服ダンスから洋服も出され、台所の茶碗や皿まで、床に並べてあった。風呂場の壁に大きな覗き穴も開けられていたが、母の思いつきで、スペインへ行けたので、我慢した。

時差のため、数日は頭の中がうまく回転しないところもあったが、ともかく一日も早く完成させようと机に向い集中したのだった。

母と朋子の大声は、前よりひどくなっていた。嫩の留守の間「鬼のいない間」とばかり、思い切り大声を出していたのであろう。癖になっていてどんなに注意しても効果はなかった。大声に負けるか勝つか、二つに一つである。精神力で耳を塞ぎ、極力気にならないようにするしかなかった。

必死で書きつづけて思いの外早く脱稿出来たのだった。しかしKさんに原稿を渡したとはいえ、いつもそうであるが、すぐに合格の返事が来るというわけではないのである。

一枚ずつ検討し、他の編集者や編集長も読み、編集会議にかけるという順になっているようである。

決まるまで、いつも一ヶ月から三ヶ月以上も時間がかかるので、森舞子に「まだ読んでもらえないの」と、不安を聞いてもらうのであった。二人は同じKさんが係の編集者なので「大きい姉さんと小さい妹を抱え、Kさんは重たいでしょう」と、言い合うのである。

嫩が庭を掘り返して、タネをまいたスイートピーの咲いた朝、Kさんから待ちに待った電話が来て、

「次の号に一挙掲載することになりました」と、Kさんはトーンの高い声で言った。うれしくて耳を疑ったほどであったが、細かいところの検討があるので、夕方来てくれることになった。

スペインへ行ってよかったと、改めて思った。

Kさんは、いつものようにプレハブの客間の椅子に座ると、お茶も飲まないうちに、原稿を広げ、仕事に入った。

「なかなか良い作品です」と、言ってくれたので、うれしかった。

一行目から、順番に検討し、句読点まで丁寧にチェックしてくれる。

書いてすぐは自分でも客観的に見えないものである。良いと思ったところでも、時間が経つと悪いことが分り、Kさんに指摘されると、よく見えてくる。

三百枚分の原稿を、細かく読んでくれるのは、大変な仕事なのに、一枚でもチェックの入っていない頁はなかった。自分の書いたものなのに、気が遠くなりそうな作業だった。「天上の花」の時も同じであった。Kさんの熱意に励まされ、何とか形になるのであった。千里の道も一歩からで、作者と編集者は気持が一つに合わないと、良い作品が生まれない。話し合いがひとまず終わって、紅茶を淹《い》れていると、裏戸からプレハブの客間へ母が入って来た。母はKさんを自分の友達と勘違いしているので、どんなにそっとしていても見つけて入って来る。

「Kさん、待っていたの。ふたばに苛められるんです。声がうるさいうるさいって」

「……」

「朋子と二人、口も利けずに、風呂場で、閉じ込められているのよ」と、言ってKさんの傍にぴったり身体を寄せた。もう床屋ごっこはやめたのか、白髪は伸びたままである。

「アメリカへ行ってから冷たいのよ」と言う。スペインだと言っても、アメリカだと言い、朋子までアメリカと言っている。

「行ったきり四年も帰って来なかったの」

Kさんは、返事に困っている。

「帰って、只今くらい言ってもいいじゃないの」

母は、いつも冗談を言っているのか、本気なのか、区別のつかないところがあるが、Kさんの前で、同情されたくて、わざわざおかしなことを言うのか。

スペインから帰って毎日会っているのに、おかしいことを言っている。土産も渡し、スペインの話もしたし、お金も返した。母の顔は、いつもの通りである。

「あたしの悪口ばかり書くので、世間を歩けないの」

「……」

「もう書かないように言って下さいよ」

Kさんは、いよいよ返事に詰まっている。

「……」

「あたし、何の因果で、書く人と縁があるのかしら?」と、膝をすり寄せお腹を突き出して言った。

「……」

「洋之介はあたしを白痴だなんて書いたし、ふたばは、もっとひどいことを書くし。書く人って嫌ね」

「……」

「ふたば、早く再婚すればいいのよ。この間来たB社とかいう所の編集者と、どうなの?」と、嫩にも分らないことを聞いている。

「女は、結婚ですよ。ね、Kさんそうでしょう」

母を怒って帰すと、あとが厄介なので、仕方なく、今日は仕事中止で、明日嫩がS社へ行くことにした。Kさんに、嫩が咲かせたピンクのスイートピーを切って持って行ってもらった。

7

スペインまで行くほど好きだったフラメンコだったが、女三人喧嘩の挙句、ばらばらで帰ったあと教室へ行って、仲直りしてみても仕方のないことであった。旅に出ると人間の本音や、物を見る価値観の相違が強く出るもので、プラド通いを変り者と笑われた嫩は、フラメンコ熱まで醒めてしまった。

フラメンコをやめ、元の競技ダンスへ行くよりなかった。運動をやめていると身体のあちこちが痛くなり、手術をしたほど腸の弱い嫩なのでおなかの調子も悪い。もともとフラメンコは競技ダンスのように、大きく移動しないで、ほとんどその場で踊ることが不満でもあった。しかも足でリズムを刻むサパテアードというのが、全体の多くを占めていて、下半身ばかり使うので、腰が重くてすっきりしない。しかしギターの伴奏が生なのは、魅力があり、シギリージャとか、ファルーカの哀しみを表現する独特の曲に、のめり込んでしまったのだった。

競技ダンスの教室は相変らず学生のカップルで賑わっていた。「じじい先生」は、昔と同じズボンをたくし上げる癖で、こっちへ来た。

「フラメンコに浮気して出戻りか」と、怒ったように言った。「じじい先生」は、今日もヒステリーの具合がひどいようである。

「お仕事ですよ」と、他の先生が取りなした。

「仕事、仕事って、何を書いているんだ」と、母と同じことを言った。

長篇小説は「蕁麻の家」と、題が決まり、S誌に一挙掲載され、文芸時評でも大きく取り上げられ、思いがけない反響を呼んだ。取材やインタビューは連日のようにあった。

「どうだ。たまには芸能人みたいに売れっ子になって、スタジオつきの豪邸を建てないのか」と、蔑んだ顔である。前にサインをして新刊本を渡した時も、ちょっと表紙を見て、ポンとベンチに放った。猫に小判と思えば腹も立たないと、思うことにしたのだった。

ともあれ、激しく移動する競技ダンスを踊ってもらえれば、目的を果すのだ。

「試しにワルツからだ」と、もう一度ズボンをたくし上げて言った。モダンとラテンの二種類に分けられているが、先生は昔ながらのモダン系が得意で、新しいラテンは不得手だった。

背があまり違わないので、ハイヒールで組むと顔と顔が近づく。踊りながらだめ出しを言う時など、食べたばかりの食事の匂いや、ひどい時はニンニクの臭いがする。背がもっと高い男性ならば気にならないが、時には嘔吐を催しそうになって、トイレへ駆け込むこともあった。

「シャドウを踏め！」と、組むのをやめて怒った。

言われても、仕方なかった。長く踊ってないので、思うように動けない。フラメンコの振りとは身体の動かし方が、まったく違うので、自分の身体がナマリのように重たい。

競技ダンスは、上半身を張ってウエストから後ろへ反らすのが基礎なのだが、フラメンコの癖がついて、反らせ方が違うので、バランスが悪くなる。

シャドウと言うのは、モダン系のダンスの場合だけに使う用語で、ウォークと言う歩く基本と重ねて練習するのである。相手のリードに頼らず、自力でウォークして、自力で足型にそって踊る。初めて入門した時の女言葉の茶髪先生はシャドウを床に書いて教えたが、この教室は書かなかった。

忘れてしまったシャドウを思い出しながら、学生のカップルが、スピードで走って来る間を縫って、パニックからやっと立ち直った。カップルで来ないのは嫩一人であった。スタジオの鏡の中に哀れな姿が映っている。

学生と更衣室で一緒になると、叱られて泣いている娘が「あんなに言われて、よくやめませんね」と、同情してくれる。「もうこんな教室今日でやめる!」と、怒っている生徒もいる。だが、指導には熱心な教室なので、最初に通った有閑マダムの来る教室より、ずっと良いのである。

控え室で「じじい先生」は、シャドウを意地悪い眼で眺めていたが、学生のカップルが踊っていたフォックス・トロットをやめ、オープンリール・テープで、ラテンのパソドーブレを鳴らした。

スペインの闘牛を表現した踊りである。前に千夏が初めてのエッセイの本を出した時、親子一緒の出版記念会で初めて人前で披露した曲であった。あの時の振りつけでレッスンするのか。

「闘牛見て来たんだろ?」と、先生は言った。

暗く屈折した言い方で、棘《とげ》がある。一度見たと答えると、

「それじゃ、さぞサマになって踊れるだろう? それとも向こうで習ってきたのか」と、言った。先生はラテンが不得手だからである。

嫩は否定すると、テープを初めに戻し、前にレッスンした振りで組んだ。

男が闘牛士で、女が牛を表現するファルーカという曲では、男性がソロでその両方表現して踊ることもある。細くしまったウエスト、長い足、彫りの深い美男のダンサーが、特有のポーズで決めると、それだけで絵になった。

「じじい先生」のだぶついた太いズボン、凹凸のないまるい顔は、スペインのダンサーとは、

似ても似つかない野暮臭さである。

本場を見ていないので、逆に大上段にかまえ無理な振りで踊っている。嫩も次第にスピードが出て、昔のパワーが戻ってきた。手を取られて廻される振りになった。闘牛士マタドールが、牛と最後の決闘へ入るところだった。

瞬間意識を失い、気がついた時は、鏡の中へ身体ごと這入ってしまったと思うほど、したたか打ちつけられた。ターンで廻される時、無理矢理振り廻されたので、バランスを崩し、遠心力で外の方へ振られてしまったのである。

鏡にひびが入り、嫩の顔が歪んで血が流れていた。

「大丈夫ですか」と、他の先生が走って来て冷えたタオルで痣《あざ》になった顔を冷やしてくれた。

身体中にヒビが入ったように痛いが、その一方で久しぶりに運動した快感が走った。

全身を動かすことが、嫩にとって、どんなに望んでいたことか。たとえ痣が出来ようと、骨にヒビが入ろうと、全身の運動がしたかったのである。

スペインのダンサーと比べたことが、「じじい先生」に伝わって怒ったのであろう。

近く鏡の修理代を持ってお詫びに来ると約束して帰ったが、気持は明るかった。

8

「蕁麻の家」は、間もなく単行本になってS社から出版されJ賞を受賞した。S誌で予想外に反響が大きかったので、第二部を書いてから一緒に本にする予定をやめ、急遽第一部のみで刊行となった。毎週版を重ねるほど売れ行きがよく、好評なのでS社がパーティーを開いてくれることになり、ホテルの大広間で嫩は主役であった。こうなったのも初めに書くきっかけを作ってくれた岸上太郎と、文学作品に昇華するまでに導いてくれたS誌の編集者Kさんのおかげであった。もし二人がいなかったならば、嫩の今日はないのだ。残念だが、岸上太郎はS誌に出た「蕁麻の家」をベッドの中で読み、賞めてくれたのを最後に亡くなった。それともう一つ、健康を与えてくれたダンスも嫩にとっては恩人なので、「じじい先生」も招待した。森舞子はじめ友達も来て、千夏も親しい友人と来た。

本の評判は日を重ねる毎に大きくなり、書店のショウ・ウインドウにも飾られ、次々と版を重ね熱狂的な反響で、ベストセラーとなった。ファンレターが沢山来て、返事が書けないまま、机の上に積み重ねてあった。内容のほとんどは少女の嫩が可哀想で、涙が込み上げ電車の中や人前で泣いてしまったと、書いてある。次に多い内容は自分も似た環境で育ったが、こんなひどい家庭ではなかった。よくも死ぬことなく生きてきた嫩を思えば、自分はまだ甘いと勇気づけられたと、あった。上野千代からも手紙が来て、こんな可哀想な少女時代を送ったとは知らなかった。抱きしめてあげたいと、あった。大きな反響があって、うれしい事態の反面、あまりにも多忙となり、取材攻めや、断れない原稿の依頼攻めの他、すでに出ている本の装幀を替え、新装本を出す話まできて、加筆や追加等のわずらわしい仕事も押し寄せた。

前からのつき合いがあるので、どれも断れないのであった。そうでなくても、多忙な毎日だったので、自分に鞭打ち、肉体的にも精神的にも限界以上まで、酷使するよりなかった。

今日も二社から取材が来ることになっている。仕事は午前中から始め暗くなる迄続けているが、取材の時は早めに終え、夕方から夜までを取材や来客の時間にあてる。母達の大声はいつもより更にひどいのである。

耳の中へワタをつめ、書斎の窓に目張りし、カーテンを二重に閉め精神修業と防御作戦の二面を考える他、手だてがなかった。

「どうしてあの小説を書くことになったのですか」と、取材が始まった。

「これだけは書かなくては死ねないという強い思いがあったので、遺言のつもりで書きました」と、答えた。岸上太郎が来て、書くことを勧められた時、急に熱が出たのも、心の中に深くひそんでいた、いつかは「蕁麻の家」を書かなくては、の思いが騒いだからかも知れない。

裏戸から、母が入って来て、プレハブの客間にいる嫩へ目掛けて、客に挨拶もなく、

「朋子から聞いたけど、一億円もらったそうね」と、言った。

「……」

「作文で賞金もらったそうじゃないの」

受賞のことは母に報告しても、何の反応も示さなかったが、スペイン行きのおかげもあったので母に上野千代デザインの和服と帯、朋子には洋服をプレゼントした。

「八百屋でも魚屋でも、タバコ屋でも言われたわよ」

いきなり飛び込んで来たので、取材の人は、びっくりして立ち上がったままでいる。

そういえば、二人の大声の話に一億円と言うのが度々聞こえていた。

「朋子が言ったのよ。アンタの顔写真まで新聞に出たって」

各新聞に受賞の記事が大きく出たことは本当だったが、もう大分前のことである。一億円は朋子が作った数字だ。朋子の不得手は数をかぞえられないことで、嫩は少女時代、妹の家庭教師となって一たす一は二と答えさせようと努めたが、絶望だった。今でも買物は予《あらかじ》め店に頼んでおき後で精算するのである。十円と百円は、どっちが上かも分っていない。子供の時、教えながら泣いてしまうのは、姉の嫩の方だった。数字はダメでも、姉が困る事をあたかも現実にあったように空想の世界で広げてゆくのは、天才とも言えるうまさである。

朋子の病癖を修正してやるのが、母の役目なのに、母も一緒になって信じてしまうのが、困ったことだった。

取材の人には、何とか取り繕って母の巨体を引っ張って帰し、中途ではあったが、次の取材が迫っているので、お開きにしてもらうよりなかった。

取材費の代わりなのか土産の紙袋を持って来たので、説得のため母家に持って行くと、居間のまん中にブリキのオマルが置いてある。かつてない異常な光景であった。

洋之介の首のブロンズのまん前である。

「お母さん。このごろ昼間でもトイレ入らないの」と、朋子が怒って言った。前から夜はオマルを使い朋子に始末させていた。見るとブリキのオマルの下には裸のままの『蕁麻の家』が置いてあり、下敷き代わりにしてあった。

本が出て一番先に持って来て、母にサインして渡したのだった。せめて娘時代の嫩の悲しい境遇を読んでもらいたかったのである。

幾日経っても、何も言ってくれないので、母は思いが一杯で、何も言えないのかと、思ったのは甘かった。

「朋子がこんなことしたのネ」と、嫩は本のことを怒った。

「ちがう、お母さんがこんな本読みたくないって言うから」と、朋子は言った。

一億円の件を朋子に責めると「お母さんが言った」と、言い、母は「朋子が言った」と、言いで、埒が明かなかった。

ともかく仕事中に来ては困ると、母に強く言うと「朋子が行けと言うの」と、言い、理由は「ふたばが、取材の時に来て一億円のことを客に言ってほしいと言ったの」と、言うのである。

母と朋子は、朝起きて雨戸を開けたあと、お茶菓子を食べながら、お喋りをする。一日中顔を合わせているので、話題が何もない。嫩のことを話題にするよりなかった。今日は誰かが取材に来るだろうから、何を言いに行こうかと、エスカレートする。

気がつくと台所の入口にうなぎの重箱が幾つも重ねてあった。棚の上を見ると、菓子折の箱が並んでいて、食卓にも菓子が出ている。

「お母さん、絶対にトイレ行くの嫌だって言うの」

トイレの水洗工事の時、新しい便器を入れ替え、使いやすくしてあげた筈だった。

「トイレよりオマルが好きだって言うの」と、朋子は言った。

「洗うのは、アタシの役なのに」と、朋子は怒ったように言う。

「アソコ見てよ」と、朋子の指す方を見ると、母の寝ている六畳の出窓からずっと続いて、一列に並べたオマルは、テラスの水場まで並んでいる。

「みんなアタシが洗っているの」と、朋子は怒っている。母は他人事みたいに土産の菓子を食べ、茶を飲むのに忙しい。嫩は、仕事中に来ては困ると、何度も二人に念を入れると、

「あら、どうして?」と、聞くだけである。

次の取材の人が来たので、あんまり食べると身体に悪いと言って立つと、背後から「食べて死ぬならうれしいよ」と、母の声が追いかけてきた。

9

母の悲鳴が聞こえ、次いで朋子の「殺してやる！」と言う大声が聞こえた。この頃は大声の中に「殺す」の言葉が混じるようになっていた。

いつものことなので、聞き流して仕事するよりなかった。いちいち心配していては仕事にならない上に、嫩が母家へ行くと、風が吹いて火勢が強くなるように、かえって煽《あお》ることになりかねないのであった。

「くそばばあ！　殺してやる！」

「人殺し」

どたん、ばたんの音と声は、頂点にきて殺気が伝わってきた。嫩は嫌な予感がしたので、机を離れ、母家へ行ってみた。

女二人の修羅場が展開され、床の上にオマルが幾つも置いてあり、糞尿が流れている中で取っ組み合いが始まっていた。

「誰なの！　この女！」と、裾をはだけたままの母が、朋子を怖そうに指して言った。母が家へ来た日、朋子を「気味悪いよあの人」と言った。二人共、顔を赤く上気させ胸をはだけ猛獣のような睨み合いであった。

「自分が産んだのに、しらばっくれて」と、朋子が全身に力を入れた。

「この女誰なの？　産んだ覚えないよ」と、母は本気の顔で言っている。

「あたしが産んだのは、ふたばだけよ」

　朋子は、光ったハサミの刃先を母の胸元へ突き出していた。二人が仲の良い時テラスで、床屋ごっこをしていた時のハサミである。

「朋子、やめなさい」と、嫩が言った。その時である。ハサミの先端が、嫩の顔めがけて飛んで来た。危うく身をかわしたが、足元の床へ突き刺さった。あと一ミリで嫩の足へ刺さるところだった。カウンターには包丁とカミソリがあった。ふざけや冗談でなく、母は本当のボケが来たのだと、はっきり分った。母のボケで朋子は苛立ち、持ち前の病気で興奮症がエスカレートしていたのだ。二人を、別々に離さなくては、本当に殺し合いにまでなると思った。

「アタシにオマル洗わせておきながら、この女誰って言うので、くやしい」と、朋子は怒りの余りふるえて言った。産んだ覚えないと言われては、怒るのも無理ないと思った。今は朋子が可哀相であった。

「今度オマルに糞したら殺してやる」と、言った。

　母は、裾をはだけたまま、突っ立っていたが、裾をたくし上げて、オマルの上にしゃがんだ。小さなブリキのオマルの上に、巨大なお尻を乗せたが、外へはみ出している。

「臭いよ！　やめろ！」と、朋子が叫ぶ。

普段から困らされている母であったが、最近は更に言動がおかしいので、捜しあてた老人専門病院に往診を頼み、先日ようやく来てくれたのだったが、母は和服に着替え、髪もきちんと結い、化粧もして待っていた。

若い時美人だった話や、男にもてた思い出を話し、いまは「うるさい、うるさいと、この変な人に言われて、話も出来ません」と、嫩のことを言った。

医者は嫩が、母を追い出すための口実と思ったらしく、「困りますね。よくあるんです。病人でもない人を病人にでっち上げるのが」と、言った。思ってもみない医者の言葉であった。しかし、この現場を見てもらえば、でっち上げではないことが分るであろう。母も遂にここまで来てしまったのだった。

異臭が漂い、家の中にいられなかった。

母の巨大なお尻の下からは、山積みの糞が盛り上がっている。大食だからである。

この糞を始末する朋子は、偉いと思った。怒るのも無理はなかった。

嫩には、到底出来ないことである。いつからこうなってしまったのか？　仲の良い時に、母の機嫌を取るため、オマルですることを、朋子が勧めたのであろう。

それが昂じてこんな形になってしまったのにちがいない。母のように若い時から怠惰な人は、絶対に甘やかしては、いけないのである。

どこまでも、楽な方へ流れてゆくのが老人である。母は数えてみるともうすぐ八十歳であった。母の言うように、嫩は仕事仕事と、仕事ばかりに明け暮れ、細かいめんどうを見られなかったことが、こんな形でツケが廻ってきたのだろう。父の洋之介は急性肺炎で、祖母の勝は狭心症の発作で命を終った。痴呆症は母の縞子が初めてなので、嫩の素人目には、診断がつかなかったのである。

10

区役所の福祉課へ行けば、相談に乗ってくれると聞き、早速訪ねてみた。しかし施設は狭き門で、望みはほとんど無いことが分った。保険内でまかなえ費用のあまりかからない病院は、二年以上待つことや、入れても交代制で、数ヶ月毎に出なくてはならないこと、痴呆が来てトイレの始末が出来なくなった老人でも、身体が健康では入れない。病名が必要である等々条件があった。

母は、家に来た六十代の初めから、自分で病気を作ることと病院通いが好きで毎日出かけ、些細なことで往診を頼むのが好きだったが、身体はどこも悪くないのである。

老人ホームへ入れるより、手だてがないことが分り、あちこちのホームを見学してみたが、良いと思ってもいろいろの欠陥のあることが分り、福祉行政とは名ばかりであった。福祉課では世話人の嫩の税金の額を調べ不合格と言われたのだ。きちんと納めている人がいざという時に、冷たくされる矛盾を知ったのである。

仕方なく有料老人ホームへ入れるしかなく、何軒も見学して歩いたが「帯に短しタスキに長し」で、一長一短の問題があることを知った。嫩は疲れと心労の余り、ホーム捜しから帰ると、眼が廻って立っていられなくなった。静かに寝ているよりなく二日めにようやく母家へ電話をかけ、母がいつも往診してもらっている病院に連絡するよう頼んでも、何の返答もなく、おかゆ一杯の差し入れもない。

嫩が死ぬか、母が朋子の刃で刺されて死ぬか二つに一つの道しかなく、無理にも起きて条件の良いホームを捜して歩くよりない状態だった。

一過性の血圧上昇だったが、心身を休めないと余病が出て本当に入院するようになると、医者に注意をされたが、たとえ死んでも、することをしないわけには、いかなかった。

電話のベルが、夢うつつに聞こえ、気がつくと、鉛筆を握り原稿用紙に顔を伏せて眠っていた。意識の向うで、あの人という予感で、受話器を取るしかなかった。

「もし、もし」と、男のしゃがれた声が受話器の奥から流れた。

一ヶ月くらい前のことだった。突然、

「もし、もし、わたしが分りますか」と、言った。

「……」

「読みました。『蕁麻の家』という本を」

その時、嫩は相手の声の主が閃いた。忘却の彼方の暗い闇が這い寄ってくる感じであった。

「……」

「『蕁麻の家』の岡と言う男はわたしなんですか」と、言った。

「御用件は何でしょうか？」と、嫩は乾いた声で、やっと言った。

「安心して下さい。わたしはあなたを脅迫するつもりはありません。女房もいてちゃんと仕事もしているし、家や土地も持ってます。ただ懐しいので一度お会いしたいだけです」

たしかに岡という名前で登場させた男であった。

祖母に居候、醜女、片輪、姦通の娘などと蔑まれ、女学校卒業間もないころ家にいたたまれずふらふらと喫茶店に入ったところを、親切な男がおなか一杯食べさせてくれた。その代償が何かを知らず、次の間に敷いてあった布団で処女を犯され、赤ん坊まで死産したのだ。古い過去のことであるとはいえ、懐しいという一言で済むものではなかった。前の電話では、忙しいからと、切ったのである。

疲労している頭は、俄かに冴え、どう対応するか決めなくてはならないと思った。

「小説の中のわたしと、昔のわたしとの違いを、お会いして聞いてもらいたいのです」

「……」

「もし、もし」

ためらう嫩の耳にしゃがれ声の主は、押してきた。

「……ハイ」と、取りあえず言った。

「あの頃、わたしは人生をグレていたんです。戦争で仕事も来ないし、無責任に女をもてあそぶだけの男でした。でもわたしは女を騙してお金を取ったり、殺したりするようなことはしませんでした」

お代わりの茶碗を出す手を祖母に敲かれ、涙を茶碗に落す嫩だったが、色気よりも食い気で連れて行かれた所がどんな意味を持つ所か、まったくの無知であった。性教育は学校でも家でもなく、洋之介も教えてくれなかった。無知の自分が悪かったのであるが、あの時いっそ殺してくれた方が良かったのだ。

「わたしは、結婚してもよいと思って洋之介に会いに行ったのに、会ってくれなかった。オドシに来たヤクザと思われたようで……」と、言った。

「……」

「でも、今のあなたは立派になっている。ちょっとでもお会いしたい」

忙しい時には、忙しい事が続くものである。

今更会ったところで、時間の無駄であると思うが、いっそ会ってみようかと、揺れるところもあった。成人した今日の眼で見れば、あの時は赤ズキンとオオカミの関係だったが、いまはあの男の正体のようなものが見えるだろう。見えたところで仕方のないことであるがと、思った。

「お忙しいでしょうが、十分でも、五分でも」と、言う。

「分りました」

嫩は、思い切って言った。相手の指定する国鉄駅ビルの軽喫茶で、会う約束をしてしまった。どっちにしても、最後の希望をつなぐ一つだけ残った老人ホームを見学する帰りの道筋なので、気分転換に悪くはないとも思った。ホームへ行った帰りの落ち込みはひどく、母が可哀想という思いと、やがては自分もこうなるのが人間の運命かという複雑な思いに、胸をしめつけられ、やりきれないのである。

感情を失った老いた女の人が廊下や待合室で、ぼうっと天井を見ているだけで、身体を動かさない。母も若い時から箸を持つ以外は、手も動かさない人であったが、今はなおさらに身体を動かそうとしないのは共通していた。その日、環境と条件が合ったのでここと決め、契約の手続きを取り、入金も終え、一段落したのだった。

約束の場所に岡は待っていた。

鷹のような、たくましい昔の風貌とは変っているとはいえ、店の中に座っているだけで目立っていた。薄いサングラスをかけ中肉中背で七十歳を過ぎている筈の男とは見えない、個性のある風貌だった。

「お待たせしました」と、嫩はありきたりのことを言った。

「呼び出して、すみませんでした」と、岡は言った。

ウエイトレスが、二人を不思議そうに見ながら注文取りに来たが、嫩が予約しておいた近くのフランス料理店に誘った。暗い過去のある男と、いまは人眼もはばからず、堂々と食事をすることが不思議であった。

フォアグラや仔鴨の美味しいことで知られている店なので、小説のモデル代におごらせて下さいと言うと、岡は喜んだ。

「小説すごく売れてますね」

「……」

「ベストセラーだそうで、どこの書店のウインドウにも並んでいますよ。あの時の世間知らずの小娘のあなたが、流行作家になろうとは」

「……」

あれから三十年経っている。本当に小娘だった嫩は、五十代半ばへ入り中年から初老の女と言われる年代へと、移ろうとしている。

「わたしは、病身の女房を三十年も世話しながら自分も病気と闘っています。子供はいないんです」と、言った。栄養失調で死んで生まれた赤ん坊がぼろ布にくるまれて引き取られたことは、思い出したくなかった。あの時の岡は世捨て人のデカダン風の男であった。少女の嫩の眼には、老人のように見えたものである。家庭内暴力で虐めぬかれ、どうなってもよいと思っていた嫩と、運命的な出会いだったのかも知れない。

岡は、胃を悪くしていると言ったが、今日は美味しく食べられたと言って、今度、わたしに御馳走させて下さいと、言った。

嫩はフォアグラとスープだけで、あとは手つかずなので、岡は悪いと思ったのか。年月のもたらす不可思議を思い、複雑な気持ちで別れたが、思った通り老人ホームの暗さとわずらわしさが、一時的にも忘れられ、気分転換にはなっていた。

11

老人ホームから迎えの車が嫩の家の前に着いた。

結核病棟が沢山あることで知られている空気の良い地区の老人ホームに、母を送り込む日が来たのだった。

母に話すと「朋子と離れるなんてうれしい」と、喜んだ。寝たきりでなく一応健康であるのが条件であるが、身体が悪くなれば他の病院へ移す世話をしてもらえるので、費用さえ出せば、何とかなりそうだった。小さいマンションを買うくらいの出費であるが、三善琢治の苦闘のおかげで著作権が嫩へ来るようになり、いざという時に役立った。洋之介が嫩に、苦労させた償いに残してくれた唯一の財産である。祖母の勝もいまはいない。

六畳と四・五畳の二間つづきで、畳も新しく入れ替えてもらい、蒲団からカーテン、トイレの便器まで新しく直し、母が気持良く住めるようにした。母についてくれる付き添いの人も頼んである。

場所が変ると、ボケが良くなることもあると聞いていたので、良くなって帰って来ることを願っていた。母は、これだけは感心の、昔からためていたというオムツを縫って沢山しまっていたので、そっくり持たせた。

着物や下着を入れるタンスや茶ダンス、手廻りの荷物は、別便で先に送ってあったので、母は身一つで車へ乗れば良いのである。二人を離すことが早急の問題なのであった。

「朋子に殺されるから早く行きたい」と、母は、いつ迎えが来るのかと、待っていたのだった。今朝は早起きして、裏口の扉を敲き「まだ来ないの、車は」と、催促した。広太とデートした時の紫の和服を着て髪もちゃんと自分で結っている。向うへ着くまでに必要な手荷物を、車の中へ運び込み、母家の母に声をかけると、返事がなかった。

朋子の声もない。テラスから家の中へ這入ってさがしても、二人の姿が見えないのである。

呼んでも返事がなく静かである。

柱時計の振り子の音ばかり聞こえている。トイレを見てもいないので、念のため湯殿を開けると、桶の中で二人が抱き合っていた。

「嫌よ。老人ホームなんか」と、母が言い、「お母さん連れて行かないで」と、朋子が言う。身体を寄せ、きつく抱き合っている。

「あたし、老人じゃないわ。まだ若いのに、ふたばより若いよ」

困ったことになったと思った。あまり調子が良すぎたので、どんでん返しのあるのはいつものことで、覚悟していたものの、これでは手に負えない状態である。

「楽しみにしていたじゃないの」と、言うと「お姉《ねえ》が入ればいい」と、朋子は興奮していまにも刃物を振り廻すような気炎である。

ホームの男の人が、車から下りて家の様子を窺っていたので、家へ入ってもらい、連れ出してくれるように頼んだ。母のサンダルは出やすいテラスのところへ置き、庭伝いに嫩の庭からすぐ車の中に入れる。

こういう時は、第三者が入ると、うまくゆくのである。ホームの人も、馴れているのだろう、靴をぬいで家に入ると、にこにこと笑顔を見せ、湯殿で朋子と抱き合っている母に、

「お母さん、さあ参りましょう。楽しいところですよ」と、母の手を取った。

「ふたばに騙されました」と、母は朋子から離れようとしないで、更に強く抱き合う。

「ふたばに騙されるなんて嫌ですよ」

「海が見えるし、山も見えるとても良いところです」と、男の人は両方の掌で母の手を優しく握ると、母は素直に手を取られながら、テラスに用意したサンダルに足を入れた。さすが老人の扱いに馴れている。

開いている車のドアの前で、母は少したためらったあと、そのまま巨大なお尻をどかんと、シ

ートに落とした。

こうなれば、もう安心である。朋子に留守中気をつけるように言い、嫩は急いで、反対側のドアから車に入った。

母が家に来た日、トラックの助手席から、二人の男に手を取られて下りて来たが、今度は車の中へ入れられることになった。

母の言う、騙して追い出したのではないかとの思いも湧いたが、いまはこうするより手だてが無いのだ。

車は静かに発車した。朋子が「お母さま、行ってらっしゃい」と、手を振っている。

いざ別れるとなると、別れを惜しんでいるのは、やはり親子なのだった。

嫩は、母の隣りに並んで座ったが、母の座った座席の下には、予め万一の失禁のために油紙を敷き、病人用のガラスの溲瓶《しびん》も用意してある。母の作ったオムツはさせられなかった。酔い止めも飲ませた。

「トイレの時は、早めに言って」と、母に何度も言い、老人ホームの運転の人にも、予め頼んであった。

母は、おとなしく、座っていた。あまり静かで、かえって心配だった。母のような痴呆症は良い時と悪い時とが交互に来るので、良い時は、医者も騙されるほど普通であった。

母は、うとうとと、眠り込んだが「ここはどこ?」と、窓を見て言った。丁度ドライブインだったので、車から下ろし、母をトイレへ入らせた。中までついてないと心配だったが無事一人で済ませて出て来た。紅茶とケーキで、ひととき休ませ再びホームへ向かい山林を走っていると、母は「あそこ実家よ」と、言った。母の指したのは、目的のホームだった。広々とした敷地の中に赤い屋根の目立つ建物である。

「ここ、あたしの実家よ」と、母は、また言った。部屋に入ると、

「良いところネ。恐い人いなくていいわ」と、朋子のことを言った。

窓ガラスを開けると専用の庭があり、赤い彼岸花も咲いている。

予め、嫩が来て用意しておいた新しい蒲団の上に母の好きな花柄のベッドカバーを掛けておいたが、目に止めることもなく、どかんとお尻を沈め「実家っていいわ」と、言った。

「トイレはここよ」と、それだけは早く覚えてくれなくてはと、嫩は何度も言った。オマルは、持って来ないことにしたのである。オマルを見れば、癖が出るであろうし、洗う朋子もいない。大修理を頼みトイレを新しくきれいに直しておいたので、母に見せた。

母は、反射的に裾をまくったかと思うと、新しい便器にしゃがみ込み、扉を閉めることもなく、嫩の眼の前で用足しをした。

長い車の旅で、疲れたのであろう。それでも車の中で、失禁しなかったことは、賞められる。終わったら家と同じにハンドルを下げて流すことを、母に注意すると「分っているわよ」と、言った。なるべく大食堂で皆と一緒に食べる規則だったが、今日は部屋に食事が来たので、世

話してくれる人に頼んで、母を置いて帰った。

馴れたら、食堂で友達を見つけ、暇つぶしの茶飲み話でもするように母に言うと「はい」と、おとなしく答えた。

12

嫩は手続きを済ませ、母を抱え病室へ向った。母の足の遅さ以上に困るのはエスカレーターの無い階段を下ろすことだった。老人病院の石の階段は、百四十八段であった。地下の病室へ行くのには、一段ずつ自力で降りて行かなくてはならないのだった。嫩は、母の巨体を抱え、ゆっくりと石の階段を降りて行った。手摺《す》りはなかった。階段を降りて病室へ入ったら、もう逃げられないためであった。

せっかく入れた老人ホームは、その夜のうちに苦情が来て、もう一人専用の人をつけてもらいたいと言われた。嫩が、降って来た大雨の中を家に戻ると、玄関でけたたましく電話のベルが鳴っていて、母に手こずらされ困っていると、言った。嫩が帰った後、食事を美味しいと二人分食べたあと、降り出した雨の中を裸足で庭へ出て「帰る帰る」と、大声で叫んで暴れていると言う。ホームの男達が取り押さえようとしても遠くまで行ってしまい、雨の中を捜すのが大変だと言う。

付き添いの人をもう一人高額の料金で頼むよりなかったが、それも一ヶ月と続かなかった。一分も一人になっていられない母は、付き添いの人のトイレや入浴の時も、つきまとい、姿が見えないと、遠くまで捜しに出て行ってしまうので、ノイローゼになってしまい、やめさせてもらいたいと言われたのである。ホームでは、母がいると他の人に迷惑なので嫌がられ、何とかしてくれと言われた。こうなれば、逆に一か八かで朋子をつけてみるよりなく、ともかく様子を見ようと、連れて行ったところ、初めは案外仲良くやっていたが、やがて二人の取っ組み合いが始まり、出てもらいたいと、言われたのであった。

今度は老人病院を捜すよりなく、有料病院を捜し歩いたところ、天の助けなのか、知人の紹介でほとんど無条件で入れてもらえることになり、料金も負担にならない額だった。幸い二人部屋の一つのベッドが空いていたのである。

洞窟のような広い空間には、老いた男女がゆっくりと歩いていたり、突っ立っていた。老人ホームの人達より一段と老化が進み、異様な光景であった。

表情が無いので、蠟《ろう》人形のようであり、ロボットのようでもある。男の老人の背中に黒い髪の日本人形を括《くく》りつけてあったり、トイレから出たままの汚れた股間を覗かせて歩いたり、軍服軍帽をかぶって、じいっと何かを見つめている老人もいる。昔、職業軍人で偉かったのであろう。嫩が家名を疵つけた罰に、軍人の叔父軍吉に軍刀の先を鳴らして、威嚇されたのを思い出した。よく似た顔だ。

母も遂に、本物の痴呆症になってしまったが、ここでは普通の老人に見える。しかし母が老人ホームを出る時、一人で残ることになった朋子が「さよなら」と、車の窓ガラス越しに言っても、何の反応も示さなかった。普通に見えてもやはり母も、もうロボットなのだ。おとなしく車の中へ、抵抗も無く自分から入って腰をおろした。見送る朋子と会うのも最後になるであろうことも、考えないのであった。

トイレは男女共用で扉がなく、外からまる見えの状態である。母は、つかつかと便器の方へ行き裾をまくり、お尻まる出しでしゃがんだ。老人ホームで、幸いにもオマルは、やめてくれたのであった。

便器が一列に並び、男と女の患者が大勢入ったり出たり、まるで社交場みたいに賑わっていた。裾をはだけても、汚れがついていても、互いに無関心で無表情である。

こんなところへ、母を置いて帰っては可哀想だが、仕方なかった。完全看護で個人の付き添いは禁じられている。

母を引き取る時は、老後のことなど考えもしなかったが、もし嫩が引き取らなければ、こんな母を誰が世話をしたのか？　母の夫は、嫩が世話するだろうと見越して、母を捨てたのかも知れないと、思うことがある。そう思うと、嫩が母と再会したため夫に捨てられたことになったのだと、考えることもあり、母への苦労は、自業自得なのだと思った。母の夫は、住所も不明で音信不通のままである。

女は、頼りになるのは自分しかなく、若いうちに老後のことを考え、一生の仕事を持って生きれば、こんなことにはならないと、嫩は考える。それに何よりも運動が必要だ。それは他ならぬ母から教えられたことでもあった。母は若い時から、自分への管理が悪いのだ。自分に甘く我儘に生きた女の、哀れな末路であった。

二人部屋のベッドには、先入者の老婆が怒った恐い顔で、こっちを見ていた。

「よろしくおねがいします」と、言っても、表情は動かない。

「こわいよ。このバアサン」と、母は言った。眼の前で、はっきり言っても、反応がない。

母はベッドに入らないで、腰掛けていた。恐い顔の老女より、母の方が若くしっかりして見えた。

医者が来た。やさしそうな、まだ若い先生が、にこにこしながら「どうしました」と、母に言った。

「先生、どうぞこちらへ」と、身体をずらせ隣りへ空間を作り、座らせようとしている。

上半身を起こして食事のあと、母は全身をベッドへ入れ、うとうとしたので、近く見舞いに来ることを約束して、嫩は病院を後にした。電話が鳴る度、心配だったが、老人ホームのように、苦情も来ないので、ひとまずは母も落ち着いていることが分り、ほっとするのであった。

母が危篤だという電話が来たのは、二度めの見舞に行った次の日の朝であった。入院してから、一ヶ月めに見舞に行った時は、元気ですっかり落ち着き、看護婦達とも仲良く過ごし、沢山食べ、トイレも自分で出来ていると言われた。だが、一週間前に廊下で転んだ後、骨粗鬆《こつそしょう》症《しょう》でオムツをするようになったと言われ、すぐに見舞に行って来た。「お母さん」と、呼んでみても母は眠っていて、起きない。嫩は地肌の見える母の白髪をゆっくりなでながら、もう一度呼んでみた。抵抗なく「お母さん」と、言ったのはこの時が初めてだった。

急いで出掛ける仕度をしていると、今度は「いま息を引き取った」と、いう電話であった。入院して四十八日めであった。八十一歳である。六十二歳で家へ来てから二十年弱経ったのだった。

「こうならないと静かにならない人でした」と、看護婦達は言った。

母は眠っている他は、一日中廊下を一人で歩き廻り、看護婦を呼んで「昔は娘より美人だった」と、自慢話をしたと言う。家では寝てばかりいたのに、どうしたのか。

だが、「憎めない人でした」と、誰も口をそろえて言った。

葬式はしないと決めていたので、入会していた冠婚葬祭の会社に電話を掛け、すぐ来てもらった。葬祭会社の男が母の屍の処理をしている時も、院長や看護婦が来て「面白いおばあちゃんでした」と、言って祈ってくれた。隣りのベッドの恐い顔の老女も祈りに来て「良い人だったよ」と、言った。

家人にとっては困った人でも、他人には面白く、愛されて、幸せな人だった。

母の骨をどこへ納めようかと考えた。Ｇ県の内藤家のお墓は嫌だといつも言っていた。姑や小姑に墓に入ってまで虐められ、また墓石の上から嫩に「やかましい」と、言われるから嫌とも、言った。

母は実家の墓へ入ると言い、義妹を大切にしていたようだが、いざとなると面倒な事態が出てきたり、大金もかかった。母が友人に預けてきたと言う夫にもらった手切金は、どうなったのか。母の貯金は年金の残高が少しあるだけだった。嫩は母の老人ホームその他で出費がつづき、金銭のかかることは、もう出来なかった。

13

文藝家協会主宰のF霊園の山腹に屏風型に立つ「文学者の墓」へ、母の骨を納骨することに決まった。

嫩が、都心近くのマンションに住んでいた時、協会で墓石の希望者を募っていたので申し込み、G県にある内藤家の墓から洋之介の骨を少し分骨したのである。今になって思うと、G県へ墓参りへ行くより近いと思ったくらいで、特に理由はなかった。しかし、いまはまるで母の納骨のために、分骨したようなもので、不思議であった。洋之介は第一回めの除幕式に納骨されたが、その後、毎年五月に墓前祭が行われていた。

母は、「お父さんを一番愛していた」と、言ったことがあったので、その一言を信じて嫩は、父と同じ墓に並べて母を入れることにしたのである。母はボケてからおかしくなったが、根は正直で嘘は言わない。洋之介を苦しめた妻であったが、年月がすべてを流し、洋之介も受け入れてくれるだろうと思った。

傘をさすほどでもない霧雨は五月の若葉の緑をさらに美しく見せる中で、納骨式は会長の挨拶から始められた。母の義妹や、千夏とT子、夏夫も来た。二人は正式に別れたが、夏夫のことで時々会っているのだった。

他の遺族の納骨もあり、簡素な納骨式で、坊さんも呼ばないし、線香も立てず、菊一輪を手向けるだけで、爽やかに行われた。

遺族代表となった嫩は、予め用意してきた短い追悼文を読みながら、改めて母の一生を省みた。生前、困らされてばかりいたので、母を第三者の目で客観的に見るゆとりもなかったが、今は骨壺に入り肉体が無くなってみると、母の一生も気の毒だったと思うのである。

洋之介と一回の見合いで、結婚させられた母であったが、洋之介もまた、無理に結婚させられたのである。十六代続いた医者の長男として生まれ、家業を継ぐことが鉄則である時代に、親に叛《そむ》き文学の道へ入り、収入もなく世間に顔向けが出来ないと、両親に責められていた。内藤家には、怠惰者の河原乞食がいると世間から白い眼で見られ、母親の勝は洋之介に、せめて世間並みの結婚をしてくれと頼み、無理強いに見合いさせられた。洋之介三十二歳、母の縞子二十歳である。大正八年の当時は見合いすることは、即結婚する風習で、今日みたいに二度、三度と会ったり、自由な交際などは禁じられていた。実母に早く死なれ、愛の薄い継母は、母を早く嫁に出したい一念で、職業の決まらない無名詩人の洋之介との結婚を勧め、二人は親の都合で結婚させせられた。

だが、二人は愛し合う仲の良い夫婦となって、嫩と朋子の二人を産んだ。嫩が四歳の時、うるさい姑の勝や、小姑達のいじめから逃れて上京したものの、やがて自由で干渉しない洋之介を良いことに、縞子は節度を忘れ、家の中まで恋人を入れ、とどまるところを知らなかった。

母は自分で不幸を招いたのであるが、本当の不幸の根本は、文学者である洋之介を理解出来なかったことである。

普通の夫のように、具体的な言葉や態度で愛を示したり、優しくすることの出来ない洋之介の不器用さを、理解出来ない。母は蛇が皮を剝ぎ捨て脱皮するように、人が変った。女房でなく女に生まれ変ったのである。

墓前祭が終り、あとは自由であった。霧雨だった空模様も、すっかり晴れている。T子は自分の運転で夏夫と帰ると言い、嫩は協会のバスで帰ることにした。千夏は仕事先へ行く車が来て待っていた。二人は、家にいた時は、振り回されたおばあちゃんだったが、いなくなってみると淋しいと、言った。夏夫も、抱っこされたのを覚えていた。

協会のバスの中で、嫩は心の底から解放された安堵感を味わった。行きには膝の上に乗せていた母の骨壺も、いまは無い。

老人ホームから家にたどり着いた時、玄関で電話のベルが鳴り、母の異常な行為に手を焼き、すぐ何とかしてくれと言われた時の、あの気の遠くなるような困惑も、もう無いのである。

明日からは、正真正銘静かになって、思う存分仕事が出来ると思うと、世界が広がる思いであった。朋子は、三食つきで友達も出来てうれしいと言うので、当分の間、老人ホームへ入れておいて、あとのことは、ゆっくり考えることにしている。

バスは無事、初めの集合地へ着くと、自由解散であった。

三々五々どこかへ寄って一杯飲んだり、食べたりのグループに分れたが、嫩は疲れているので、一人で帰った。

ともかく、今夜は風呂へ入りすべてを忘れて、眠ることであった。

14

住む人間のいなくなった母家は、母ではないが、何となく不気味で怖いものを覚え、雨戸は閉めっ放しであった。人が入っている筈もないのに、誰か住み込んでいるようで、夜など傍へは行けない。

幻聴なのか静けさを通り越して、机に座ると耳の奥が鳴ったり、二人の声が聞こえて来たり、小鳥の鳴き声まで喧嘩の声に聞こえてしまうのだった。

一年間は、死者の魂が帰って来ると言われるので、家をそのままにしておくことに決め、その間に先のことを考えることにした。母が大工の入るのを嫌がるので、手入れが出来なかったが、あちこちの故障が出ていたのである。住宅金融公庫が当って母家を建てた時の大工に状態を見てもらったところ、手を入れて修理するより毀した方が安く建つと言われ、新しく建て替えることに考えを持ってゆくことにした。「木馬館」から引っ越せた時は、水の出る家が何よりうれしかったが、やがて暗い家庭となって、古賀は、家を出て行った。

嫩は文筆業で暮すようになり、母を家に引き取り、仕事場を転々とした後、十五年めに戻って来た。

同じ敷地の小さい家に戻ると、母が痴呆症になり、朋子もつられて更に悪い状態に陥ってゆき、嫩が負け母より先に病人と化すか、ノイローゼになってしまうか、紙一重のところだった。何とか持ちこたえることが出来たのは、自力もあったが、術後始めたダンスのおかげなのであった。忙しい時間の寸暇を見つけてダンスのレッスンに通い、そのおかげで健康を保っている。ダンスを始める前の病弱だった身体は、嘘のように丈夫になり、一時は母のために疲労の余り極限状態に陥ったものの、何とか乗り越えられた。

家を建て替えるのならばダンスのレッスンが出来る広めのフロアを作りたい。

フロアさえあれば、忙しいさなかにも時間を作って外へ出なくても、家でレッスン出来る。

「そうだ！」と、嫩は決心した。

あと少しで一年経つので、二軒の家を毀して、一度土地をサラ地にして設計の人に考えてもらう段取りまでになった。千夏にも相談に乗ってもらっている。

閉め切ってある母家にも、たまには風を通しに行かないと、羽蟻が湧いているし、戸袋からは見たことのない猫が出入りし、仔猫も遊んでいる。嫩の走らせる鉛筆の音まで聞こえる静けさのなか、仔猫の鳴き声が母家から聞こえたので雨戸を開けに行ってみると、カビの臭いが空き家に立ち籠めていた。

人のいない部屋に柱時計が、ゆっくりと振り子を振り、時を刻んでいた。不思議な時計であった。ネジを巻かなくても、万年振り子式のものではない筈なのに、振り子を振っている。

時計は何でも知っている。二人のすさまじいエネルギーでネジが巻かれ、止まらなくなってしまったのか。

母の寝ていたソファベッドの下から、猫が飛び出して来た。母がホームへ出た後、蒲団を干し、掃除洗濯も済ませておいて、母がいつ帰っても良いようにと、ベッドをそのままにしておいたのである。

洋之介のブロンズだけは、嫩の家へ運んであった。

見ると、蒲団の中に仔猫がいて、住みついているようだった。母は猫が嫌いで、嫩が飼うと嫌がった。猫の方でも知っていて、いまは安心して住んでいるのだろう。餌を与えると恐れもなく食べた。嫩の家の雨戸を開けた時、仔猫が数匹うずくまっているのを見た日に、受賞の知らせが来たのを思い出した。

朋子がホームへ行った後、掃除に入った時のごみのひどさは驚くほどだった。箱ごとのカステラが手つかずのまま棚の上に重ねてあり、羊羹《ようかん》の折、少し手をつけたオハギ等、戸棚の奥まで入っている。

有るものを忘れては、新しく買い込み、二人揃って「ない、ない」と、言っていた。母と朋子は、まるで瓜二つの姉妹みたいに、互いに似ては、反発する、おかしい関係であった。

嫩は自分の家の整理と母家の整理と、両方を毎日少しずつ手をつけていたが、母屋の荷物は廃品回収車に来てもらい、二日もかかって処分した。嫩の家も仮住まいの部屋が決まったので、不用品を処分したり、荷物の整理を急がなくては、ならなかった。

空いている知人の団地の部屋に、引っ越しすることになったが、必要でない荷物は近くのアパートを物置代わりに借りて入れ、身軽に移ることにした。昔、よく働いてくれた足踏みミシンは、朋子が前に入っていた施設に寄附、洋之介の遺品や本もG県の図書館へ寄附した。母のタンスや家具はそっくりホームへ寄附してきた。捨てるわけにいかないのは嫩の書いた原稿、エッセイや取材された記事を掲載した雑誌、書評の出た新聞等を入れたダンボール箱である。

母家の片付けの最後の日、母のソファベッドの下をふと見ると、

「今日は原稿の締切り日なので静かにおねがい」

「おねがい静かにして下さい」

「けんかやめて下さい、おねがい」など、嫩の書いた十数枚のボール紙が、重ねてあった。母は、見るのも嫌で突っ込んでいたのか。

母は、嫩にとって何だったのか。今は、どんなに大声で喋っても、誰にもうるさいと、言われないところにいる母だ。

一人で思い切り喋っているのか。それとも洋之介に甘えて新婚時代に戻り、可愛い女になっているのか?

洋之介が迷惑していると言う人もいるが、いまはすべてを超越しているところへ行っているので、父は嫩と母を許していることであろう。

第四章

1

客席の階段を向うから一段ずつ、こっちへ向けて下りて来る小柄で白髪の老人がいた。別れた夫の古賀であると、嫩はすぐ分った。

Ａホールの客席は、後方の客席が高く、舞台に近くなるにつれ低くなっている。まだ客の姿は無く、客席の椅子は畳まれていたが、その間を走り廻る子供達の甲高い声が響いていた。千夏の子供の夏夫も、その中にいた。今日は、嫩が夏夫に習わせているバレエ教室の発表会で、初舞台に立たせるのであった。嫩も最後に特別ゲストで出演するプログラムである。

古賀は、てれくささの中にも、嬉しさをこめた笑顔で、あとにつづいて階段を下りて来た和服姿の女の人をふり返り、女房と言って紹介した。嫩より背が高く少し若い。

「千夏にそっくりな子供が、ロビーを走っていたのですぐ分りました」と、古賀は言った。

二十数年ぶりで、千夏に父親の古賀を会わせる段取りになっていたのである。古賀が、初めて見る孫の夏夫のモダンバレエの舞台を、再会の場所と考えたのは、嫩であった。

千夏は長く手がけた雑誌の編集長を友人に譲り、T美大の講師から助教授となったが、シルクスクリーンや映像の仕事でも賞を幾つも受け、嫩の知らないプロの世界で、活躍している。

家を建て替える時、千夏は今住んでいる借家でよいと辞退したものの、再婚した女性に子供が産れれば、立ち退きさせられるので、これを機に同じ敷地に二軒建て替えることにした。嫩が住んだプレハブの家跡に千夏の家を建て、母達のいた母家跡に嫩のダンス・スタジオ付きの家を建てたのである。千夏の方が自由業の嫩より銀行にも信用があって、顔も利くので、手続きのすべてを任せた。

古い母家を毀す時、千夏は古賀の作った前から大事にしていた子供用の足の高い椅子を、取りに来て「捨てられたかと、心配したよ」と、言った。まるで嫩が心なくも古賀の作ったものを、捨ててしまったかのように言う。

「会わせようか」と、嫩が考えたのはその時であった。

別れて以来、古賀の友人M男が、嫩への年賀状や暑中見舞の折、いつも古賀の様子を知らせて来て、テレビなどに千夏が出る時は、涙を浮かべて見ていることや、孫の顔を見たいと言っていること、千夏のエッセイ集を買って読んでいることなどが書いてある。

当初は冷たく反応していたが、『蕁麻の家』の続篇となる、古賀との結婚と離婚をモチーフにした小説を書いているうち、不思議に古賀を許せるようになった。それどころか、悪いのは嫩の方ではないかとさえ考える。夫婦は別れれば他人だが、親子のつながりは永遠である。それは嫩自身が、母親との切れない絆に、苦しめられて分ることであった。

「千夏はまだ来てません」と、嫩は愛想良く言い、一番前列の真ん中の席に案内した。招待席には、千夏、T子、友人のM男を含め五人が座る予定で、テープを貼った。千夏と別れたT子と夏夫は、現在の女房とも家族ぐるみで行き来していたのである。古賀への連絡と段取りは、すべてM男の手で、おこなわれたのだった。

古賀は、演劇や映画が嫌いで、嫩は千夏を連れて隠れて行ったものだったが特にダンスは毛嫌いしていた。だが、今日は特別なのであろう。

興奮して駆け廻っている夏夫が来たので「おじいちゃんよ」と、言うと人懐っこい顔でぴょこんと、おじぎした後、

「どうしてメイクするの」と、言った。

メイクは嫩の役目で、他の子供達の顔にも眉を引き、アイラインを入れたが、走るのですぐ剝げてしまい、何度もメイクのやり直しだった。

「舞台はフィクションの世界だから」と、子供相手に分りにくいことを嫩が答えたのは、今日の再会もフィクションではないか、それともノンフィクションか等と、子供の顔にメイクしながら考えていたので、思わずそんな言葉が出てしまったのだ。

あれほど憎み合った古賀と嫩だったのに、階段からこっちへ下りて来る古賀の白髪を見て、

年月の重みと同時に、懐しささえ一杯に感じていた。もし古賀の女房が一緒でなければ、感激の叫び声を挙げてしまうところだった。

「フィクションって何」と、夏夫は言った。

「夏夫くんいくつ？」と、古賀が言った。古賀と別れた時の千夏と同じ小学二年であった。

「おばあちゃんですよ」と、古賀の女房が言った。

M男の話によると、今日の再会の話が決まった時から古賀ばかりか、女房まで「孫が出来てうれしい」と、言っているという。「ちょいちょい遊びに来てもらって、孫と遊びたい」等々とも、言っていると知らされていた。

女房まで再会を喜んでいるのは、夫婦の仲が良いことの証しであるし、千夏にとっても後味の良い再会であろうと思った。嫩が母と再会した時のように、不幸なものでは意味が無かった。

開幕の時間が来て、第一部の夏夫の出番を、嫩は前の横扉からそっと照明の消えた客席へ入り、壁ぞいに立って見ていると、千夏がビデオで夏夫を撮っていた。

「オヤジどこ？」と、ファインダーを覗きながら千夏が言った。前列正面の白髪の人と答えると、ちょっと見たが、わざと気がないように、舞台の夏夫の方へビデオを向けている。夏夫は、落ち着いて、振りつけ通りに相方の子供と踊ったり、数人と踊ったり、一人で踊ったりしている。嫩が習わせてまだ半年くらいだったが、子供は度胸が良い。T子が再婚して住んでいるマンションまで迎えに行き教室で習わせ、嫩も習った後、夏夫を送って帰る習慣だった。バレエの先生が嫩の知り合いだったので、夏夫をレッスンさせるのに都合が良かった。

二部のラストで嫩の出番の最中客席を見ると、古賀の隣りに千夏が座り、何か話しているらしく、舞台を見ていない。ビデオも撮っていないのである。母親には関心がないのだった。

終って、ロビーで集合の段取りになっているので、出番が終れば、メイクを落して帰れるはずだったが、カーテンコールがあり、嫩への花束贈呈と紹介があり、やっとロビーへ行った時は、全員が集合して嫩を待っていた。嫩の踊りもカーテンコールも見ないで、古賀夫婦中心にカメラで記念写真を撮ったり、夏夫の手を取り「おじいちゃんと一緒」や「おばあちゃんと一緒」等々を千夏のカメラで撮っていた。

古賀夫婦の帰りに便利な、駅ビルの中のフランス料理店の個室に予約した時間に入り、五人はビールで再会を祝した。この店は、嫩が時々使うので顔見知りで、気が楽であった。

千夏と古賀夫婦が向かい合って席を取り、M男と嫩が向かい合って座った。T子は夏夫が疲れているので、連れて先に帰った。

ビールで乾杯のあとは、古賀の希望で日本酒を頼み、皆も合わせた。アルコール嫌いだった嫩は、ジャズダンスのレッスンの後、皆でビールを飲みに行ったおかげで、少しは飲めるようになった。嫩のジャズダンス歴はもう長いのである。

「古賀、いまの気分は？」と、M男はアルコールが入ったので、明るく言った。

「ぼくのおかげだぞ」と、てれている古賀にまた言った。

「主人に、勧めたんです。優柔不断でなかなか決めないんです」と、女房が言った。

「お前は昔からそうだった。自分に正直でないんだ」と、M男は言った。古賀はM男に何を言われても素直だった。友達の前ではおとなしく物静かな男なので、嫩との夫婦喧嘩が信じられないと、M男は言っている。

感情を出さないのは、昔から変っていないのである。古賀は、てれた顔で杯を空けているばかりだった。

「これからは、ちょいちょい夏夫と一緒に泊まりに来て下さい」と、古賀はようやく、千夏に言った。

2

新しく建て替えたダンス・スタジオつきの家は、快適であった。スタジオを中心に設計し、半地下にして天井を高くしたのである。いつかは男性の肩に飛び乗って倒立するアクロバット入りのアダジオというのを踊りたかったのだ。鏡を張り、バー（握棒）も付け、いっぱしのレッスン場になった。仮住まいをしながら設計を考えたのであった。千夏の家とは別々の工務店で、互いに自分の家の設計家に任せ、地鎮祭や棟上げ等の折は、顔出ししても、工事中はめったに見に行かなかった。それでも事故も無く、無事予定通りに建った。

ようやく自由に自分の時間を使い、自分の好きな生き方が出来るのだった。朋子は老人ホームから出して洋之介の友人の息子が院長の神経科のS病院へ移し、落ち着いているので、時々会いに行けばよいのだった。

一部共通の中庭をはさんで、境界を作り、千夏の家とは互いに没交渉が条件だった。千夏が再婚した女房に男の赤ん坊が産まれたので、たまには手替りの必要な時があっても、嫩は、仕事優先なので断ると、申し出た。孫優先の「おばあちゃん」には、なりたくないのだ。むろん生死にかかわる事態の場合は別であったが、初めが大切なのでドライな関係を結んだ。千夏もそれを望んでいた。嫩にとって孫の顔を見て楽しむことより、仕事が命であったのだ。プロの文筆家として何とかここまで来て、今更家族の情を優先することは、堕落である。

嫩は六十二歳になった。母が家に来た時と変らない年であるが、嫩はこれからが本当の自分との戦いである。母は「赤いチャンチャンコ着るご隠居の年だから楽隠居させてほしい」と、言った。その結果がどうなったか母が手本を見せてくれたのだ。年とってからは無理にでも自分にムチ打って困難に向って生きようと思っている。

新築の家で、引っ越しの翌日から書いた『蕁麻の家』の続編となる嫩の結婚と離婚を書いた「閉ざされた庭」がS誌に一挙掲載されたので、それを機に、新築パーティーを開きたいと思っている。『蕁麻の家』が予想外の好評だったので、他社からも仕事が殺到し、仮住まいの団地でも文芸誌に毎月小説を連載していて、家が建ち引っ越した日に単行本になって出来上がった。エッセイ集も出たので一区切りをしたいと思った。母がいた時、ソファベッドを片付けパーティーまがいをしたことがあったが、本格的に家に人を呼んでパーティーを催したことはなかった。段取りも分らないし料理も出来ない心配があったが、いろいろ考えるのは、楽しみの一つである。洋之介は生前「マジシャンクラブ」という手品の会に入り熱心に練習していたが、その会の現在の会長のS氏に手品を頼み、ちょっとした観劇タイムつきのパーティーを想像した。

夏夫の教室で少し習った、アダジオとまではいかないがデュエットダンスを踊りたいと考えていたところ、幸いにも知り合いの先生に振り付けをしてあげると、言われたのであった。一人で踊るより二人で踊った方が動きがあるし観客も飽きないだろう。嫩は身体を目一杯動かし、息も出来ないほどのハードな動きに挑戦するのが好きであった。

フリータイムも作り、飛び入り参加も自由で、型破りのものにしたかった。嫩は、子供の頃から引っ込み思案で対人恐怖症がひどく、到底来客の接待などは出来なかったが、スタジオが出来てからは、人に会うのがそれほど苦痛ではなくなった。スタジオは取材など仕事の来客や、接客の応接間代わりにもなっていた。

インタホンが鳴り、千夏の女房の奈々子が「古賀さん夫婦がいらしてるので、ふたばさん、たまには夕食食べにいらして下さい」と、言った。

Aホールで再会したあと、暫くすると本当に千夏と夏夫は遊びに行ったり家に招いたりで、時には古賀の家に泊まってくることも聞いていた。

インタホンは、よほど急ぐ用事の時だけ鳴らす約束なのであった。

千夏は、古賀の来る時も仕事で出掛けてしまうこともあるが、古賀夫妻はかえって赤ん坊のお守が出来てうれしいと言うので、奈々子は困らないようであった。千夏の家庭には立ち入らないことに決めているので、誘われても断っていたのだ。千夏がT子と結婚していた時も、嫩はマンションから母達のいる母家には行っても、千夏達のいるプレハブの家には一度も尋ねたことがなかった。夏夫が生まれた時一度病院へ訪れただけで、急用で千夏に会う時は喫茶店であった。奈々子が呼んでくれても、まだ一度か二度、五分くらい、いただけなので、たまにはつき合ってもと、早めに仕事を片付け、千夏の家へ行った。古賀が赤ん坊を抱き、女房があやし、よくテレビなどで見る家族の風景だった。

「赤チャン、主人そっくりですね」と、古賀の女房が言った。この間と同じに和服を着ていた。主人とは古賀のことである。夫を立てる良い女房であった。

「夏夫くん、おばあちゃん、そっくりだって近所の人に言われるんです」と、小さい声で古賀は言った。おばあちゃんは、嫩でなく、女房のことである。千夏が夏夫を連れて古賀の家へ泊まりに行くと、手のかかる子供の世話で、女房は肩こりがひどくてあとで寝込むが、孫が出来てうれしいと言っていることは、奈々子からも聞いていた。

血のつながらない関係で「おばあちゃん」は、おかしいが、夫の孫は女房の孫と、思っている素直な女性なのだと思った。身体が弱く妊娠出来ないことを承知で結婚したということは、M男から聞いた。千夏に古賀と会わせた時「子供いないの」と、千夏はがっかりしたものである。異母弟妹でも欲しかったようである。

「これで念願の二人めの孫の顔を見て、抱けるんです」と、女房は言った。

M男がここにいれば「ふたばさんのおかげだぞ」と、今度は言うところであろう。

再会させて、一番喜んだのは古賀夫婦だったかと思ったが、それで古賀への償いが出来たのであるとも思った。千夏を取り上げ、家から出て行ってもらい、いま思うと嫩も自分勝手だったかも知れないと、反省するゆとりが出来ていた。千夏はよく「無意識に洋之介と比べているからで、おやじが気の毒だ。あなたの気に入る男なんか、この世にいる筈ない」とも、言った。大学の頃からお母さんからあなたに変った。嫩も古賀の今の女房のように、ひたすら夫を立てる人ならば、こんなに平和であるのにと思う。千夏が帰って来たので、古賀の好きな日本酒を皆で飲むと、この間近県の山へ夏夫を連れて行った話を、古賀は嫩にした。

　連れて行ってくれる気持はうれしいが遭難や、迷い子にさせては大変と、嫩が心配すると「わたしにとっても大事な孫ですから、安心して下さい」と、声を大きくして言った。二人の会話を聞いていた千夏は、一瞬緊張した顔で「昔の喧嘩が始まったかと思った」と、言った。思わぬところで不思議な過去のタイムカプセルに入ったような、そして現在の時間の重みを実感したものである。

3

念願のダンス披露つきの新築祝いのパーティーは無事終えることが出来た。日が決まると新しいスタジオに先生に来てもらい、いままでとは違うアダジオという男性と組んでのデュエットダンスを習っていたのであった。初めてのアダジオを踊ったり、大勢の来客の接待で、どうなることか自分でも分らないくらい、上がってしまった。

何より心配したのは料理で、友人の紹介で手づくりの出前をしてくれるプロの人を頼み、美しいオードブルと牛舌などいろいろな料理を用意してもらい、あとは寿司と嫩の作ったコールドビーフである。

飲物もビールの他、ワイン、ウイスキー、日本酒等を揃えたのだったが、間際になってコップや皿が足りないことに気がつき、前日までデパートへ買いに走るという始末だった。大きな袋を下げて帰り、大さわぎしているところを千夏に見つかり、早く言ってくれれば、買って来るのにと言われたが、人に頼むより自分でする主義を通し、却《かえ》って周りを困らせることになった。世話になった編集者や新聞記者をはじめ、いつも賞めてくれる大先輩の上野千代はじめ、作家や画家、むろんS誌のKさんや森舞子も招待して、スタジオは八十人もの来客で一杯になった。

嫩のデュエットダンスの他に、手品も喜ばれ、タネ明かしの余興入りで、来客は満足してくれた。飛び入りのハプニングに参加する人は無かったが、上野千代は「プロになれそうね」と、嫩のアダジオのダンスを本気で賞めてくれたのでうれしかった。第一回のパーティーは無事終わったものの、まだ第二回、三回と、つづけて招待しなくてはならない人が大勢残っている。

思えば、古賀と別れたあと、文筆で暮すようになって、ひた走りに走りつづけ、めまぐるしく、息つく間もなかったが、その間に小説を書かせてくれた出版社の編集者や、文庫本の担当者、新聞社の記者、週刊誌、婦人誌の編集者等、数かぎりない人達の応援を受けてきた。助言してくれた友人、先輩、知人もいる。すぐには出来ないがその人達を、時間をかけて招待したいと思っている。

夏夫は、三回舞台に出たので大きくなったらデュエットの相手をさせたいと思ったが、バレエを習っていると学校で「女みたい」と、からかわれるので、やめてしまった。

新築祝いのあと、嫩のダンスが噂に上り、「恋人が出来た」と、思わぬ眼で見られていたのだった。

U町の商店街にまで、デュエットダンスを踊ったという噂が飛び交い、本屋の女主人は嫩のダンスが出ている雑誌の頁を開き、「若い男と踊って羨ましい」と、ニヤニヤした。新築祝いのパーティーに取材が入り、あちこちに記事が出たのである。アダジオと言うデュエットの踊りが、そんなに世間の人の噂にのぼるほど、めずらしいものだとは、思わなかった。

驚いたことに、書き始めの頃から世話になっている新聞社の記者から、インタビューを申し込まれ「ダンスと恋人の関係について」の取材をされた。

ダンスは私にとって唯一の健康法で、恋人とは関係ないことを強調して説明しても、頑とした思いこみを持っていて聞く耳を持たない。

新聞を読んだ人は、忽ち信じ切ってダンスと恋人を結びつけ、噂にするのだった。日本ではまだダンスへの関心度のレベルが低いからだ。一度でも自分で踊ってみれば、どんなに大変な努力が必要であることか分るであろうと思っても、世間の人は身体を動かすのが嫌いである。男と女が踊れば、それだけで色事とつながると信じ込むのだ。作家の集まる会合へ行った時さえも、

「良いわねえ、恋人出来て。この頃小説が色っぽくなったわ」と、言われた。

一人が言うと次々と言い、違うと言うほど言い訳めいてしまい、黙るよりなかった。

デュエットを踊ったことを、意外なところで、白い眼で見られていたのだったが、嫩の小説をいつも賞めてくれていた男の作家が「気が知れない」と、非難していることまで分った時は、ショックであった。

不思議にダンスを白い眼で見る人は、必ず罰が当たるかのように、当の本人が病気で入院したり、死を迎えることなどが起きる。気が知れないと言った作家も嫩より年下なのに病死した。

若くても骨粗鬆症で骨が簡単に折れるのは、骨を包む筋肉が出来ていないからである。特に文筆の座業は足から老いる。

嫩は四十過ぎて初めてダンス入門した時、筋肉が落ちていた。落ちるというより、ついていない。代わりに脂肪がついていて、今日まで運動しない暮しでいれば今頃どうなっていたことかと思う。思い切ってダンスを始めて三ヶ月から半年で、見違えるスタイルとなり十一号サイズが九号でも、まだゆるいのである。ウエスト二十センチ体重十数キロの減量で、友人でさえすぐ後ろにいても気がつかないほどの変身ぶりだった。むろん健康になって仕事も進んだ。

こんなうれしい宝物のダンスを、何故人は嫌うのか。嫌うばかりか軽蔑する。日本に伝統の無いものへの拒否の根は深いのだった。

ダンスが分らない人ばかりならば、嫩は分らせるまで戦おうと、思うのだった。

外出の帰り、気分転換と、アルコールに馴れるため、強いてU町の帰り道の赤チョウチンの店へ寄ってみることがあるが、むろん嫩のダンスのことは、恰好のニュースとなっていた。「ダンスのお帰り?」と、ママが足を挙げてみせた。ワンピースの裾から白くて弱そうな足が覗いた。嫩がデュエットで踊っている顔のところが店の壁に貼られて、酒の肴にされていたのだった。

奥の席で飲んでいたお腹のぶよぶよの常連の男が「いつ、ダンサーになったのかね」と、言った。

「ストリップだけはやめてくれよ」と、もう一人の太った男が言ったので、客は噴き出した。常連達が嫩のデュエットを噂のタネにするので、一見《いちげん》客の男まで、軽蔑した態度に出るのである。

ソロのフラメンコやタップ、バレエなどは噂にしないのである。そうでなくてもダンスが低レベルに見られる上に、デュエットで踊ることは、更に低く見られ、ストリップという言葉まで出るのだった。たとえストリップで踊ったとしても、職業に貴賤は無い筈である。

4

JR線を三度乗り換え、混雑する車内で嫩は大荷物を抱えて立っていた。わざと吊り革につかまらないのは、バランスを保つ練習のためだった。ダンスの時の要領で腹部とウエストを締めると、よろけないのだった。

妹の朋子に久しぶりに会いに行くのだったが、いつもラッシュの時間帯だった。気になっていてもなかなか行かれないでいると、

「いつ来るの?」と、S病院の朋子から電話が来る。近いうちに行くと言っても、一ヶ月経ち、三ヶ月経ち、ひどい時は一年も行かれない。「まだ来ないの」と、催促しても、そのころ諦めるのか、電話もよこさなくなり、葉書で「姉さん、仕事がんばって」と、書いて来たりする。

朋子はボケてきた母につき合わされて、嫩のことを嘘ででっち上げて言ったり、荒れたりで、手こずらされたが、病院へ入ってからは、おとなしくなり、相部屋の患者と二人で、問題もなく暮している。

偶然にも、洋之介の友人の息子が院長だったので、入れてもらえたのだった。長期入院手当てと保険も利くのでありがたい。新しい家に連れて来ることは、いつ始まるか分らない興奮や、千夏の家族まで巻き添えにする狂気を抱えているので、できなかった。この病院は、母が出たあと朋子が残った老人ホームからも近く、広々とした敷地に建ち、空気も良かった。嫩は吊り革につかまらないで立っているので、荷物の重さに耐えられなくなってくるが、わざと、網棚の上に上げなかった。デュエットの時の腕を強くするためである。

スタジオが出来れば、仕事の合間に家で練習出来てうれしいと思ったものの、その日の急ぎの用事を先行させ、一人のレッスンはめったに出来ない。せめてこういう時こそ、時間を有効に使うのだと思った。

混み合う電車は、なかなか空いてこなかったが、ようやく隣りの人との空間に、ゆとりが出来た。

母をホームへ入れるため、この電車に何度も乗ったものである。途中T駅で乗り換え更に郊外へ向うと、老人ホームが幾棟もあるので一日がかりで見学して歩いた。あの頃はまだスタジオのある家など考えたこともなく、ひたすら母のことを考え、悩まされながら一日が潰れた。

あの時の地獄の日々は、何だったのか？　今日の平和のありがたさを思うと、嘘のようである。

ようやく駅へ着き、駅前のタクシー乗場で車を拾って病院へ向った。商店街を抜け、山道の方へ入って行くと、両側の緑の葉っぱがタクシーの窓に映っている。いつものように、正面玄関から横裏庭の踏石伝いに病棟へ行くと、朋子は下駄箱の前で立って待っていた。この病院の中で一番軽い症状の患者の入る開放病棟である。自由に出入りが出来るので、ガラスの扉も開いている。

「ようやく来た」と、朋子は言った。

「来たでなく、来てくれたでしょ」と、嫩は母が来る前のように、言葉遣いを直させると、それには応えず、大声で誰かを呼んでいる。やはりまだ興奮癖が残っていた。

入口のロビーには患者達が集ってテレビを見ていたのだったが、嫩が入って行くと一斉に振り返った。お世話になっています、と挨拶すると、患者達は嫩に関心を寄せ「朋子ちゃん、待っていました」「わたしの方が世話になっています」などと、返してくれる。どこが悪いのか分らないほど普通の様子で、看護してくれる人ではないかと思っていると、朋子が白い看護服を着た若い看護婦を連れて来た。

あとで土産を持って挨拶に行くつもりでいたのに、朋子は余計なことをするのである。「おとなしく良い子でいますよ」と、看護婦が言い、皆もうなずいている。

持って来た袋の中の土産の紙袋を出すと、朋子はまた勝手に自分で采配し、二階の男子病棟まで持って行き「姉さんが来た」と、言っている。

ひとしきり騒いだあと二人部屋で、朋子の衣類を冬物から夏物に入れ替え、不用の物を処分し、不足をチェックしたあと、面会用の待ち合い室へ移った。ガラス戸で外から見えるようになっている。

面会は十分と書いてある。長くなると、他の患者が気にするのであろう。

朝六時起床、就寝は八時、食事は三回という、嫩から見ると気の遠くなるような健康な規則正しい毎日である。朋子は、来る度毎に母に似て太ってゆくのは、薬の故で、他の患者達も太っている。薬でおだやかになり、平和な暮らしになるのであればそれは納得するよりないであろう。それに朋子はお八つを売店で買い、好きなだけ食べているらしい。会いに来る度に甘い物や、せんべい等はやめるように言っても、効果がない。付いている人がないので自制が利かずに食べてしまうのは、母と一緒の時についたくせである。

「お母さん、今頃どうしているかしら」と、朋子は言った。

母は老人ホームで朋子と別れる時、振り返ることもなく、車中の人となってしまったが、あれが母娘の最後となったのだ。

「ご苦労だったネ」と、嫩は言った。

「いい。楽しかったから」と、朋子は言った。

嫩の家の中へ、鍵を開けて二人で這入ったこと、湯殿の中を覗いていたこと等、朋子に聞いてみようと思ったが、せっかく悪夢から醒め、平和な暮らしをしているのに、むし返して気持を乱すことになるのでやめた。朋子は洋之介の死後悪い親類に騙され施設に入れられ、その親類は祖母の勝からもらう入院料を自分が着服し、何年も入院費を滞納していた。嫩が代わって払って「木馬館」へ連れ戻したのである。

「お姉さん、まだダンスやってるの?」と、言った。母と二人で覗きをしていたあの頃は「じじい先生」のダンスとフラメンコだったが、その前に一度茶髪先生に来てもらって古い家でダンスのレッスン付パーティーをしたことがあったが、それで覚えていたのか。出来ることならば、やさしいダンスで、患者の人達にセラピー(療法)の役をしてみたいと、嫩はいつも思っているのだった。

夕食を知らせるインターホンの声が入り、さっきからガラスの窓越しに中を覗いたり、チラチラ見ていた患者がドアを開けて入って来た。嫩の本にサインをしてくれと言うのだった。この病院で小説を書いた後で自殺した女の作家もいたと、聞いている。

「今度いつ来るの」と、朋子は言いながら、玄関の外の裏庭の踏石まで、ついて来る。

嫩は裏庭の踏石を一つ一つ踏みながら、後のことはまた考えるにしても、取りあえず一つの重い荷物を下ろしたような、可哀想だがほっとした気分で帰途に着いた。

5

「おやじ、死んだ」

　夕方電話が鳴って受話器を取ると、千夏が言った。古賀は食道癌《がん》で入院していたが、昨夜危篤の状態に入ったことを知らせる電話が来たので、もしやと、思っていたのだ。

　古賀が入院していることは二ヶ月くらい前に千夏から聞いていたがどんな風に悪いのか、聞くこともしなかった。すぐ死ぬほどの重い病気だとは思わなかった。女房に勧められてようやく診察に行くと、すぐ入院することになったそうである。

　咄嗟《とっさ》にどうしてよいものか、嫩は迷った。別れた昔の女房が飛んで行くのもおかしいし、行く義理もない。

「花輪だけは贈らないと」と、嫩は言った。

「あなたとぼくの名前で二つ贈っておく」と、千夏は急いでいるように電話を切った。大学の頃から「あなた」になったままだが、そのうち「おふくろ」になるのか。病院から掛けているらしく、昨夜は徹夜で付き添っていたのかも知れない。

　半年くらい前のこと、虫が知らせたのか、しきりに古賀に会って食事でもしたいと嫩は思った。再会してから十年近く経っていた。別に理由はなかったのだがそう思った。時々、思っても、毎日の多忙の中で実現しないまま、月日が経った。再会してから千夏や夏夫とT子、奈々子まで、いまは二人の子供達まで連れ、互いの家を行き来していたが、嫩は別であった。たまには二人で話してみたいと、思ったのだった。

だが古賀の家へ電話したり、葉書を出したりしたことは一度もないので、M男に相談してみると「古賀も喜ぶので、セッティングは任せてほしい」と、言い、M男に任せることにした。初め、嫩の家へ呼んで接待をと考えたが、古賀は足が弱くなったので近頃はもう千夏の家にも来られないそうで、古賀の家近くの店に決めた。しかし、一つだけM男に、頼んでみようかと迷ったが、思い返してやめたことがある。いつも女房が一緒なので、たまには女房抜きで会ってみたいと思ったのだ。今では笑って話せる、昔の喧嘩の分析や、一緒に暮した頃の共通な話をしたいと、思った。それに「テス」を読んだのに何故、嫩の過去の話を聞いてくれなかったのか。それも聞きたい。

古賀と嫩は向き合って座り、M男と女房も向き合い、四人はテーブルに座った。折悪しく雨が降っていたので足の弱った古賀が落ち着くまで大変だった。古賀は以前にもまして耳が遠くなり補聴器をつけていた。結婚していた当時から耳が遠く、声は小さく、それもいさかいの原因であった。

家を新しく建て替えた頃、千夏の家に古賀夫婦が来て、嫩も呼ばれて行ったことがあるが、あの頃は補聴器はなく声が小さくても、まだ気にならなかった。それより、突然大声になることがあり、千夏は喧嘩が始まるのではないかと、本気で心配したほどだった。

古賀は、もう声を大きくすることもなく、おだやかな、物腰の柔らかい人になっていた。嫩より三歳上なのに補聴器の故かひとまわり小さく老爺に見える。昔、黒々としていて強《こわ》かった髪も白く、地肌が透けて見え、薄くなっている。

「千夏が美味しい地酒を送ってくれるんです」と、古賀はうれしそうに言い、嫩の杯に酒を何度も注いでくれた。

「主人、いつも千夏さんと、三人の孫のことばかり言うんですよ」と、女房が言った。奈々子に二人めが生れたのを喜んでいる。

「ぼくのおかげだぞ」と、M男がまた言った。

千夏の話によると、嫩が古賀との結婚と別れを書いた『閉ざされた庭』を単行本になってから読み、「畜生！」と怒って本を投げ出したが、女房に「そっくりじゃありませんか」と言われ、黙ってしまったと言う。あんなふうに書かれたのでは古賀が怒るのも無理ないと、嫩はいまでは申し訳なくさえ思っている。そんな詫びも含めて招待したのだった。

それに嫩の方も、今になってみれば悪かった。今日の嫩であれば、古賀の屈折や洋之介への劣等感など、うまく明るくリード出来るだろう。それが出来なかったのは、若いという驕《おご》りのためなのか。人生の修業が出来ていなかったのだ。

「主人、一番尊敬しているのは、ふたばさんだって言うの」と、女房が言った。「ね、そうでしょ」と、言われ、古賀は補聴器を入れ直したが、答えなかった。「お前、見栄張らないで言えよ」と、M男に言われ、下を向いて黙って笑った。

「ぼくたちをひきあわせてくれたAさん亡くなったの知ってますか」と、小声で言った。Aさんという人は、嫩がT大の航空研究所へ英文タイピストとして勤めていた時の室長で、二人に結婚を勧めた懐しい人であった。

古賀は少しずつ声が大きくなり、耳も聞こえるようになった。別れる前の晩、実は「木馬館」に二人を避難させたことを言うと、「そうだろうと思った」と、笑った。共通の知人、友人の話から「木馬館」時代一緒だった住人の思い出話になった。「この間駅で、ばったりA男に会った」と言ったり、「B夫と電車で隣りだった」などとも、言った。

A男は、嫩が高熱を出した時、夫が医者を呼ばないので、代りに自転車で呼びに行ってくれたのに、礼を言う代りにシャーラップと、怒った人である。

B夫は背が高く若い独身の男で、「お前に気がある、前を通るな」と、古賀はいつも苛々していた。

古賀は、懐しそうに、にこにこと偶然出会った時の様子を言い、「木馬館」に住んでいた頃の、今はもう忘れている人達のことまで覚えていて話している。M男は、古賀が怒ったり、シャーラップと怒鳴ったり、暴力をふるうなど今でも信じられないと、言っている。別れる時ホームで、「十年経ったら千夏のために一緒になろう」と、古賀が言ったことも、和気あいあいと、話題になった。

M男と女房は、別の話で盛り上がり、配膳の人はどういう組み合わせなのかという顔で、酒と料理を運んだ。嫩は、赤チョウチンで修業したせいで、けっこう飲めるようになり、こういう時は、アルコールのおかげでリラックス出来て良かった。古賀は、

「千夏が初めて家へ来た時、会いたかったと、泣いたんです」と、言った。

子供の時、夫婦げんかの他は泣いたことのない千夏なのに、やっぱり父と子なのだと思った。

夏夫のバレエで初めて古賀に会った時は、千夏は感情を見せなかったが、父親の家では気を許したのであろう。「子供だった千夏が、早くから各方面で才能を発揮し始めたので、おやじとしては鼻が高いですよ」と、うれしそうに言った。いまはT美大の教授になっていることも知っていたM男がいちいち報告していたのであろう。古賀と嫩は向き合って、注いだり注がれたりで、話を続けていた。こんなに会話がたくさんあったのかと、不思議だった。昔の無言は何だったのか。古賀はよく食べ、よく飲んだ。顔色も良く年は取ったが健康そうであった。四人は一台のタクシーに乗り、助手席に嫩が座った。

「今日は会えて良かった」と、うしろの席で古賀が言ったので振り向くと、シートに深く身体を埋め、にこにこと、上機嫌であった。

三人を残し、駅で先に下りた嫩は、M男が開けた窓から三人に挨拶すると「もう、これで死んでもいい」と、古賀がにこにこと、言った。その声に実感がこもっていた。

たくさん話したようであったが、まだ話は残っていた。肝腎なことは何も話していなかったのである。

走る車を眼で追うと、後ろの窓から身を沈めた古賀の薄い白髪だけが見えていた。

古賀の葬儀は、M男の話によると、女房の姉妹親類等数人の手で静かに行われたという。古賀の親類は今は妹一家だけであったが、千夏、夏夫、奈々子と子供二人、T子などで賑わったそうだ。千夏と嫩の贈った二つの花輪が、真ん中に飾られ、現在の女房より、別れた嫩の側の人間の方が賑々しく集まったということであった。

古賀も、うれしいことであろうと思い、返す返すも千夏に再会させて良かったと、思うのであった。

最後に嫩も、会っておいて良かったと思い、電話でM男にお礼を言うと、あの日嫩と別れた古賀は、もう一軒飲みに行こうと言い、雨の中三人は近くの居酒屋で、夜の更けるのも忘れて飲んだという。そして女房の前で嫩のことを「偉い」と、賞めちぎったという。嫩のことをいつも賞めているということは、奈々子からも聞いていたので、M男の世辞ではないと分ったが、小説とはいえ、書かれたくないことまで恥や楽屋裏を書かれ、古賀から見れば、最悪の女房であったであろうに、偉いというのは、千夏を女手一つでまともな人間に育てたからであろう。

あの日が古賀の最後の外出となり、その後は家でも胃が重いといって、日本酒もあまり飲まなくなって、やっと医者へ行ったという。

今となっては、争いの一つ一つが懐しい映画を見るようで、ビデオがあるとすれば、二人で見て笑ってしまうであろう。年月というものは、偉大な手品師であると思った。千夏を背負い鉄道自殺まで考えたり、千夏を殺して死のうと思ったりなど、氷りついた夫婦だったのに、今では優しい人間関係となっていた。

若い時は互いに許すことをしない驕りと狭さがあったのだ。古賀がいなくなってしまうと、昔の分り合った親友がいなくなったような、気の抜けるものを覚えるのであった。

6

今日はK先生の個人レッスンの日であった。いつもより早く起き、机に向かって仕事である。「書いて、創って、踊る」の三つを並行しているので、時間がいよいよ無いのである。だが、時間の内容は充実していた。スタジオのある家を建ててから、たまっていたエネルギーが爆発したように、あれもこれもやりたい事が出てきたが、その一つはオブジェの制作であった。オブジェを創り始めてから、新しい世界が広がり、絵も描けるようになって、絵と文の依頼も来る。趣味と実益の一挙両得である。

秋にはダンスの披露をメインにした三度めの個展を予定しているので、今日から新しい振り付けに入るのが楽しみである。千夏の個展の時は無関心だったが今度は新刊三冊出るのに合わせ、いつものようにサイン会とダンス、それに短いトークもつける。個展は毎回大盛況で会場始まって以来の大入りと言われるのだった。客が入り切らないので、いつもダンスは三回にも分けて踊ることになる。ダンスを見たい客が圧倒的で、オブジェの方はおまけのようであるが、読者が大勢来てくれるのはうれしい。

七十代に入って熱心にデュエットを教えてくれるK先生とめぐり会ってから、嫩の人生は大きく飛躍した。地味なダンサーであるが表現力と技術の確かさは日本でも三本指に入る人だ。嫩は更に輝き前から念願だったアクロバット入りのアダジオのレッスンをしてもらえるようになって、天井を高く設計したのが役立った。

初めてデュエットを披露した時のように、近年は野次馬が色眼鏡で見ることも無く、「よくやる」と感心してくれるのであった。

それもその筈であった。K先生に教えてもらっている技は、若いプロのダンサーでも嫌がる、ハードな上に恐怖を伴うものである。いままでのデュエットダンスより、はるかに根気と忍耐と我慢が必要で、その上高所恐怖の克服が必要だった。嫩はジェット・コースターにも乗れない高所恐怖症なのだが、自分の欠点を克服し、マイナスをプラスに変えようと努力する。

いままでのデュエットの先生は、嫩が怖がったり、一度二度で出来ない技は、やめてしまうが、K先生は、出来るまで何度でも繰り返してくれる。調教師に調教される馬か犬のようであるが、そこがかえって面白いのである。願っていた、息も出来ないほどの運動量のレッスンがようやく叶えられたのであった。千夏は「少しは歳を考えたら」と言い、「先生が気の毒だ」と、冷たいのであるが、気にしないことにしている。千夏は空手を長年続けているが、ダンスには関心がなかった。

レッスンのある朝は、目覚めも早く仕事もはかどるのだった。ひと仕事の後、朝食をとるが、胃袋が小さくなっているので、普通の人の一食分の半分にも足りないのが一日の量である。体重を減らすことはデュエットの初歩のエチケットであり、それに衣裳を着ると、ボディ・ラインがまる見えになるので、贅肉などあってはならない。自分への厳しいチェックが必要だった。プロレスラーみたいネと、言われる。

食べ物が少量とはいえ、ガスに火を点け鍋が煮えるまで、オブジェの制作である。なめし革にビーズやダイヤストーンで、猫の顔百態を作ったり、海草や流木で虫のいろいろを作ったり、ネンドで立体の猫人形を作るなど千差万別であった。ついでに、手縫いで洋服のリフォームまで、手を広げている。仕事の時間に喰い込みそうになると、舞子という黒猫が階段の下で鳴いて待っている。新しい家で生まれ、もう十年近く一緒に暮しているので、生活のリズムを身につけている。趣味が仕事の時間へ喰い込むのを、注意してくれるのだ。

レッスンのある日は、オブジェには手をつけずに、早めに二階へ行き、仕事に入るのだった。いつもより一時間早く切り上げ、スタジオに掃除機をかけ、モップで水拭きのあとトイレの掃除をする。黒猫一匹でも散毛があり、それに糞尿の臭いが強《きつ》く、手間がかかるが、掃除が不得手の嫩には良いチャンスであった。シャワーの後、祖母の勝が見れば心臓発作で即死すること受け合いのダンス用のハイレグの下着をつけ、ハイレグのレオタードを着る。コップ一杯の水でも胃がふくらみ年齢が出るので要注意。足は保温のためレッグウォーマーを履くと、本業の物書きから、俄かにダンサーへと変身、サナギから蝶になる瞬間だ。昔、文章を書き始めた頃、室尾燦星が、書く前はうじむしでも、書けば蝶になると、最初の本「父・内藤洋之介」のあとがきに書いてくれたものであるが、ダンスで二度めの脱皮をしたのである。近頃嫩は、ダンサーの雰囲気が身についてきたのか、飲み屋などで時々ダンサーに見られたり、踊るタレントの倍前恵子と間違われる。口の悪い人は、目が悪いんじゃないのと言うが、うれしいことだった。しかし何よりうれしいのは嘘のように健康になったことで、風邪をひきそうになった時でも、激しく踊ると翌日は、すっかり癒《なお》り、仕事も三倍もはかどる。ダンスは嫩にとって、世界一の名医であった。

時間かっきりにK先生が玄関に立った。ブザーを鳴らすと、舞子が飛び上がって怖がるので、鍵を開けておいて黙って入ってもらう。

若々しい先生はウォークマンを耳から外し「今日は、どうですか」と、身体の調子を心配してくれる。激しくハードなレッスンなので万一を心配するのだ。嫩が、自分に厳しくチェック済みのレオタード姿で、元気に迎えても、先生から見れば、体調が悪いのを無理しているのではないかと、心配なのだろう。無理もないのだ。教室の若い娘ばかり見ている眼では、とびぬけた年輩である。気は若くても嫩はもう七十五歳になってしまった。「百歳まで教えに来てあげる」と、励ましてくれるが、果して何歳までアクロバット入りのデュエットが踊れるか。クラス会に行くと、杖を突き背中の丸くなった人、動作や反応ののろい白髪の老女も珍しくないのだ。先生の祖母さんより三歳下というところで、危うく〝孫〟の年から逃がれている。分ったのは嫩の『天上の花』が出た年に生れたことで、あの頃の赤ちゃんが今は嫩の先生なのである。今は音楽と絵画を勉強中の夏夫と、十歳は違わない。

洋之介のブロンズは食堂の飾台にオブジェと並べて置いてある。ブロンズはすべてを見ている生き物のようだ。

個展が近いので本調子に持ってゆくためには、更に厳しいレッスンが必要であった。嫩は、厳しいほどやる気が出て、自分に鞭打つほどファイトが湧く。鞭打たれながらK先生と三年続けているが、嫩の方からキャンセルしたのは、仕事の都合で一度だけである。初めのストレッチは先生のカウントでゆっくり、しかし深くおなかを引き締め全身を使いヨガと似たポーズも入れ、呼吸法と一緒の柔軟運動で筋肉をほぐしながら、筋肉をつける。若い編集者や奈々子など、誘っても一度で懲りてしまい、イタイ！　と、悲鳴を挙げる。しかし、魔のストレッチと呼ばれている準備運動をしなければ、次の大技のアクロバット入りの練習に入れないのだ。事故や骨折につながるからだ。

じっと我慢の子のストレッチが終ると、嫩は水を飲みに台所へ走り、先生はタバコを一服喫む。水といってもほんの少しで、次に始まる大技への心の準備のためである。

次こそ本番の大魔の振り付けのレッスンに入るので、緊張で顔が硬《こわば》り、言葉も無い。K先生の横顔が鬼に見える。先生は、わざと怖いことをさせるぞと言わんばかりに、スタジオの中央に仁王立ちに立つ。アダジオの基礎は、何種類かの肩乗りの練習からであるという。嫩が走って肩へ飛び乗るのを受ける体勢に入る。仕事で疲れていたり寝不足の時は気後れしてしまい、足が止ってしまう。スタジオ中響く「だめだ！」の叱責の声に「やれば出来る」と、自己暗示をかけ、必死の覚悟で飛び乗り、宙でくるくる廻される。天井が廻りに廻り「ビックリハウス」という箱に入って気分が悪くなった時よりもひどい廻されようである。きゃあ、きゃあと、悲鳴を挙げながら死んだら本望と覚悟し、身をゆだねる。逆らうと危険なのである。終って、生きていたと思う間もなくすぐ次の振りに入る。風車という難しい振りのレッスンである。

同じ肩乗りでも先生の肩がくるっと一回転した瞬間乗るので、タイミングのむずかしさと、恐怖感は更に大きく、ウエストの筋肉を締めるだけ締めてバランスを取る。近年数回だが乗ったことのある手放しで乗る乗馬より、はるかに恐い。

もう一つ、前から成功させてみたいと念願していたものは、ツーステップで勢いをつけて走り、両足を天井高く上げて倒立するアクロバットである。嫩は「空中倒立」と、名づけている。先生が嫩の足のつけ根のところを持って差し上げてくれるので、バランスがうまく取れれば、それほど怖い技ではないが、足が天井ぎりぎりに高くなり、つかまるところが、先生の肩から背中にずれるので自分の体重とバランスを支えるところがないのと同じである。しかし近年思いが叶えられたので、空中倒立の写真を人に見せると、ダンスを軽蔑していた人や、軽いものと思っていた人は、驚きあきれ顔で「うそでしょ」と言ったり、「お孫さんでしょ」と、言う人もいる。勝利の声を挙げるのはこの時である。

緊張の連続でレッスンが終って「おつかれさま」と、互いに言い合い解放される時は、充実感で一杯になる。長い小説を書き終って、解放された時の喜びと同じだった。編集者と著者の気心が合わなくては、完成しないのと同じで、ダンスも先生と生徒の心が一体にならないと、骨折したり、転落する危険に直面する。

レッスンが終り、先生は水も飲まないですぐ帰り、嫩はまだレオタードを着たまま、緊張の後の解放をうれしく思いながら、一人で復習してみるのだった。

スタジオの出窓の向うに、千夏の家の玄関が見え、奈々子の母親が遊びに来ているらしく「おばあちゃん」と、子供達の声が聞こえている。うれしいのだろう、甲高く張りのある声である。挨拶などは、互いに廃止の習慣になっていた。二人の子供達には、夏夫と同じに生まれた時から「ふたばさん」と、呼ばせている。

「おばあちゃん」など、ふざけてでも言えば泣かせてしまう嫩なので、二人の子供は共通の庭先きで会っても、まるで他人を見るように「ふたばさん、忙しいの?」と、おそるおそる言う。子供達を健康に良いのでストレッチだけでもと誘うのだが、親が逃げるほどなので聞こうともしない。小さい時から、一度も抱いたこともなく、上の子を一度サーカスへ連れて行っただけで遊びに連れて行くことも、運動会、学芸会等を覗いたこともない。千夏の時も同じであったが、ひたすら自分のためにのみ時間を使って生きている。奈々子は嫩の性格をよく分ってくれて、子供達への無関心ぶりを許してくれている。千夏も「おふくろは好きなことをやらしておけば良い」と、言う。

嫩は少女の時から暗く苦しい道のりを歩いて来たが、それは洋之介という文学者を父親に持って生まれて来たからであった。いわば犠牲者なのである。しかし今は健康のためだけではなく、好きなダンスを踊ることも出来、他にもオブジェや絵画、楽器、それに乗馬も諦めない。むろん小説を書くという本業の仕事がある。友人や読者も多くいて、娘時代には想像もしなかった自由が手に入った。自作小説を舞台化し、台本、演出、照明、衣裳、振り付け、ダンスの一人六役をこなしたいと今頃になって演劇にも関心を持つのであった。千夏は大学生の時から演劇を初め、多くの好きな道を見つけたが、嫩は「出発に年齢はない」をモットーとして、遅い出発だったが明日に向かって明るく生きている毎日だ。八歳の時に母と別れ、茨《いばら》の娘時代を生き抜き、不幸な結婚に悩み続け、離婚後、文筆の道へ入ったものの、再会した母にまた苦しめられた。六十二歳でようやく、自分の時間を持てる暮らしに入れたのである。そしていま、やっと青春が来たのだった。

洋之介が亡くなって半世紀余り、社会の価値観は百八十度変った。振り返ってみれば「時代」という当てにもならない気紛れの渦に、振り廻され、泣かされてきた。時代は演出家で、人間は不器用で芸の無い役者なのか。幕が下りてしまえば、人間の過失や過去は滑稽で中身の薄い活劇のようなものではなかったか。

嫩は、レオタードを脱ぎ、シャワーで汗を流しながら、あと何年踊れるかを思うのだが、「百歳まで」と、勇気づけてくれるK先生の言葉をうれしく思い、明日に向って更に元気を出すのであった。

〔1996年「新潮」10月号　初出〕

歳月——父・朔太郎への手紙

「お父さま、こんにちは」

お父さまなんて娘時代みたいに言うのは、違和感があるけれども、「オトッチャン」も「朔太郎先生」も、ここでは合わず、手紙の中の時々の自由気儘でゆくことにします。

夏になると避暑先の宿から葉書を二度くらいもらっても、私の方から便りを出したことは一度もなかった。私の書いた『蕁麻の家』という小説では、病床の父上に苦しい胸中を手紙に書いたとあっても、あそこはフィクションですから。

父上がこの世を去って半世紀余り経ちました。あの時二十歳だった娘の私は、七十八歳という恐ろしく老女になってしまいました。時間は、人間を変えてしまうもので、娘時代の怯え、ふるえた私は、もういません。それに戦前の封建社会も姿を消しました。いま思うと、あの根強い家族制度と女の貞操尊重は何だったのでしょうか。

「家名」大事の一念で夫を助けてきた祖母は、不貞を働いた息子の嫁を憎み「淫乱な嫁の生んだ穢らわしい孫」と、私を足蹴にし、八ツ当たりしました。

まだ八歳だというのに人世の末路に立たされ、「生まれて来なければ良かった」と、どんなにか泣きました。自殺ばかり思っていました。「不要な孫は利根川へ流すか、赤城山へ捨てて来ておくれ」と、祖母は父上を責めていました。「それともあの女を捜し、熨斗《のし》つけて返しておやり」「世の中に孫ほど憎いものはない」と、私は口癖に言われ「虫ケラ以下の存在」と、食事もお膳も別の残飯でした。虫ケラ以下、居候、母なし子、奴《やつこ》と呼ばれました。奴とは最低の蔑み言葉でした。

今日の私ならば、上手に機嫌取り出来るでしょう。祖母は老女に見えたけれど、数えてみると母と別れ三人で祖父母の家へ転がり込んだ時は、五十八歳だったのです。灰色の、めくら縞とかいう着物に黒っぽい帯、髪は地味な日本髪で、白足袋を履き、いつもきちんと身なりを整えていました。医者だった祖父は、前立腺肥大とかいう病気でベッドに寝ていました。のちに父上の書いた文章を読むと「老齢で引退、しかも重病の折」とありますが、まだ六十代の終りでした。ベッドの下には管から伝わる尿を溲瓶が受けていました。看護婦がつき添う最悪な状態でした。

祖母は今日でいうストレスがたまっていたのです。昔の女は、「嫁して二夫《にふ》に交《まみ》えず」というのが鉄則で、今日流行の不倫など、祖母にとっては命取りの恐しい行為でしたが、それを長男である父上の嫁がためらいもなく実行した挙句、子供二人を捨て、恋に走ったのですから。家名を穢したあの女を殺してやりたい、と言う時の眼は魔女のオーラが出ていました。しかも母は妹を智恵遅れの子供にさせてしまっていたのです。

夫の看病で捨てた筈の女が、突如甦《よみがえ》り、父上をめぐる嫁姑の戦いとなっていたのでした。私は肩揉みを日課にさせられ、小さな手に力をこめて背中を押したり、揉んだりしました。力一杯、白くて脂の乗った祖母の肌を押しながら、「おばあさまは女でしょう」と言ってしまったものです。祖母は男でも女でもない感じだったのが、急に母のように女っぽく見えたのです。

祖母は、胸まで衿元《えりもと》をゆるめていたのが、瞬間鬼のようになって、ゆるんだ胸元をしっかりしめ、「世の中に孫ほど憎いものは、ない」と、私を叱りました。

鬼の眼にも涙と、言うけれど、祖母の涙を見たのはお父さまが亡くなった時でした。

ああ、こんなこと書くために手紙を書くのではないのに、私はどうかしていました。


お父さまに叱られたことは一度もなかったのですが、一度「だめじゃないか」と、子供部屋のベッドの中で泣いている私に言いましたね。「叱っておやり。お前が叱らないから不良になった」と、祖母に大声で後押しされて来たのです。来たといっても扉の外までです。私は、好きでもない男に誘われるまま自棄になっていたのです。それより他に祖母への仕返しは、ありませんでした。扉の外から「だめじゃないか」の一言で、お父さまはすぐ二階へ行ってしまいました。祖母のひどい虚言が耳に入っているのかいないのか、真実を確めてくれないのです。真実を聞いてくれれば、暗い道へ入らないですんだのです。話しかけてくれることのなかった父上でしたが、閉じ込められた私の辛い心の中を察してくれることも、なかったようですね。

思春期に入り、子供だった私の身体が変化した時の苦しみや、孤独の寂しさなども、まったく眼に入ってはいなかったのですね。私がもっと強い性格だったならば、逆に家庭内暴力を起こしたり、家出をしたりで家名を更に穢すことで仕返しが出来たかも分りませんが、私は自分を虐めることで反抗を示すよりなかったのでした。

お父さまは、あんな大きな眼をしていても現実は見えなかったのでしょうか。一度の見合いで無理に結婚させられた父上は、私と妹をもうけ、私は八歳の時の父母の離婚で父上の実家の居候となったのです。詩集『氷島』に、その時の「母なき子供等は眠り泣き　ひそかに皆わが憂愁を探れるなり。」と、ありますが、憂愁などと言う生やさしい現実ではありませんでした。汽車の中で子供心に、これから起こる怖い世界を感じていたのです。ポーッと鳴る汽笛は私の泣き声でした。母の狂った恋の犠牲で妹は智恵遅れの身となったのですが、「お母さま、お母さま」と、オシャブリを咥《くわ》えて泣きました。三人は前橋駅で降りると、人力車で祖父母の家に向かいました。「厄介者の居候を二人も連れて来て」と、日本髪の祖母は私を睨みました。「キタナイ」と、バケツで足を洗わせられると、そのまま二階へ連れて行かれ、食事もなく空腹のまま、蒲団の中へ押し込められました。

悲劇の根元は、お父さまのふし穴の眼の故《せい》でした。母の恋人の大学生が、毎日のように家に来ても、時には泊って朝まで母と抱き合っていても、気がつかなかったのです。夫が妻の変化に無関心でいるのをよいことに、母は女となって跳んでいってしまったのです。男の来ない日は母が出て行くので、蜘蛛《くも》の巣の張る空き家のような荒《すさ》み方でした。妹と二人、干からびたごはんに紫色のショウユをかけて食べていました。

お父さまは詩人としては、偉いかも知れませんが、現実に生きる人としては落第です。

それに悪いけど、例の母なき子供等の詩の入った『氷島』は、いただけないです。私たちのことには眼を向けず、女房に裏切られ、また故郷の人に冷たい眼で見られ、人生に敗北したというのが、全体の内容ですが、詩だから仕方なくても、具体性が乏しく、『青猫』等のように感性で書いた詩の方が父上に合っていると思います。しかし今更、私が何とケチつけようと、大仏様にハエがとまったようなものなので、やめます。日本に初めて口語自由詩を確立させたことで歴史に残る人物なのですから。くやしくても私は只のハエです。

それよりお父さまに知らせたいのは、別れて二十五年めに母を尋ねて札幌へ行き、改札口で再会したことです。私はずっと捜していたのです。若く美しい筈だった母は、太ったおばさんというよりおばあさんで「お父さんに似て嫌な顔ね」と言うのが私への第一声でした。あの時の恋人ではなく、三度めに結婚した小太りの十六歳年下の男性が母のうしろに立っていました。喫茶店で事情を聞かれたあと、母の家へ連れて行かれましたが、あとで分ったのは私が貧乏でお金を借りにでも来たのであれば、駅で追い返す段取りだったそうです。私は逆に母が貧乏だったら連れて帰ろうと、夫の反対を押し切って行ったのです。青函連絡船の船底で船酔いに苦しみながら、幻の母との再会に期待していたのでした。

夜、寝ていると背後から、母が蒲団の中へ入って来ていきなり私の胸をさわろうとするので「キャー」と、大声挙げて階下へ逃げました。お風呂へ入っていると、またいきなり入って来て「身体見せてよ」と、かくしているタオルをむりに剝ぎ取り「四十までよ、女盛りは」と、言うのです。家庭の空気は、氷のようでしたが、母は夫を愛しているようでした。

嫌がる夫の腕にぶら下がってよちよち歩くのは、気の毒で見ていられません。あの大学生のことを聞いてみようと思っても言い出しにくく、あとで母の親類の人に聞くと、相手の親が許してくれず、間もなく別れたそうで、お父さまからもらったお金で開いた喫茶店に、通って来た大学生が、いまの夫と分りました。

何故か大学生に愛されるようで、爪のアカでも煎じて飲みたいです。年下の男なんか女が若いうちだけで、年をとれば逃げられると相場が決まっているのに、母には見えないのでした。

父上の死後、身一つで私は家を追い出され勤務先の先輩と結婚したのですが「こうしては、いられない」と、終戦の翌年生まれた息子を寝かしつけては学校へ通い教師になることを考えたのです。でも父上と同じに生徒の前で喋るのが苦手で困っていたところへ、父上の友人だった山岸外史氏に同人雑誌へ父の思い出を書くことを勧められたのが機で、文筆での暮しに入ったのです。そして私の人生は百八十度変りました。闇の世界から這い上ることが出来たのです。

娘時代には、父上の友人達が家に来ると、猫みたいに二階へ逃げ込んでしまった私ですが、処女出版の『父・萩原朔太郎』が出ると、室生犀星、三好達治、宇野千代、川端康成、保田與重郎はじめ、思いもよらない作家や詩人達が激励を送ってくれたのでした。

子供部屋で泣きながら、将来の自分を考えると前途真っ暗で、もう自殺寸前だった私に突然のように明るい未来が開けるなど、夢にも思いませんでした。

少女時代の暗さは、底無しの井戸のようで、唯一の慰めはノートに小説の感想を書くことでした。学校でも友達はいません。二階の父上の本棚から持ち出して読んで読後感を書くのです。モーパッサン、ヘッセ、ジイドから啄木、漱石、芥川、荷風、犀星等、残らず読みました。父の本棚には詩集がたくさんありましたが、あまり関心を覚えませんでした。

或る時、思い切って父上にノートを見てもらうと「当っている」と、言われました。小説が面白くて読むというより、家庭が寂しく話し相手のない孤独を癒やすためでした。福引きを引くわけでもないのに「当っている」と、答えてくれるより、何故読むのか、私の心のうちを、聞いてもらいたかった。

父上の眼がふし穴というのは、そこなのです。ふし穴といえば、昭和十九年、十一月三日昔の明治節の日は、大雨が降り上空にはＢ29が飛来して来て、その最中に神社でお茶一杯だけの結婚式を挙げたあと、ふし穴だらけのベニヤ一枚のしきり戸のアパートに住みました。貧しくても暖かい家庭を作って第二の人生を始めたいという願いがあったのです。翌年の夏、戦争は終り、四畳半一間きりの水場もないささくれた畳に座って、天皇陛下の声を聞きました。その翌年生れた息子には朔美と私が名づけました。

父上の信頼していた親族達は智恵遅れの妹を囮《おとり》に、ありもしない財産分けの争いの後、施設に放り込んでしまった上、入園費を払わず妹はひどい虐めに遭っていることが分りました。私がミシンの内職でためたお金でひきとりに行き、狭いアパートに四人で住みました。夫は、妹には優しくしてくれましたが「お前はあの男を尊敬している」と、父上の写真を指して怒るのです。

後に、成人した息子に「お母さんの尊敬出来る人は、朔太郎を越える男でなければ」と、言われ「男をだめにする女」とも、言われました。ひどいことを言うと思いましたが、言われてみると「当っている」のでした。

暖かい家庭作りの夢は、争いの坩堝《るつぼ》と化し、十年で終わりました。しかしそれもこれも、すべては遠い昔、いまでは懐しくもある変った夫婦の眺めです。歳月というものは、不思議なものです。

離婚後、文筆で暮せるようになり、後に夫に捨てられた母を家に引き取り、二十年間世話しました。八十一歳で死ぬ前日まで母は女でした。それは可愛くてよいのですが、とてもひどい我儘と身勝手で困らされた挙句、ボケで更に苦しめられました。

「蕁麻の家」が好評で、多忙を極めていた時にボケの症状が出て、母が死ぬか私が倒れるかまで追い込まれました。その上妹まで母のボケに巻き込まれてしまい、地獄さながらの日々でした。捨てられた母を養う義務はないのにと、人に言われるのですが、理由はただ一つ、私を生んでくれたことへのお礼なのです。

太宰治のように「生れて、すみません」だった子供時代から、いまではこの世に生んでくれてありがとうと、感謝出来るのです。母が産んでくれなければ、私の今日は無かったのですから。それに父上の孫の朔美も、曾孫三人もこの世に元気で生きているのです。

母が「お父さんを一番愛していた」と、機嫌の良い時に言ったので、文藝家協会の文学者のお墓へ分骨した父上のお骨と並べて納骨しました。おゆるし下さい。何気なしに分骨しておいたのが、こんなことになるとは、不思議でした。

今の私の悩みは妹のことで、精神科の病院へ入院させているのですが、内科のある病院へ移さなくてはならないのです。何しろ私より二歳下の七十六歳ですから病気になったりボケたりしてからでは遅く、元気なうちに他の病院へ移らなくてはなりません。さがしているのですが、病院が不足しているので、なかなか入れるところがありません。父上も心配している事でしょうね。

ところで父上が建てたあの家のことですが、思えば不思議な家だと思いました。父上は迷信家のところもあって家相の本を幾冊も読んで熱心に研究し、亡くなる前日まで寝室の枕元に家相に関する本を置いてあったのを覚えています。家相があまり良すぎるとかえって悪いので、わざと悪いところをつくるため一ヶ所設計変更することになり、裏玄関と、子供部屋を鬼門に設計しましたね。妹と二人一緒の筈の子供部屋は、妹は入らず私一人の部屋になりました。真上が父上の寝室で、ほとんど酔いつぶれて帰って来て、祖母の作ったオムスビとお酒で眠られない夜を過ごすコトコトいう音がいつ迄も聞えていました。今日の私ならば一緒にお酒を酌み交わせたのに、とても遠い存在のお父さまでした。

あの頃、横光利一の『旅愁』という本が父上の書斎の本棚にあって何気なく読むと、家相が一致していて、長子が二十歳になると家名を穢す悲劇や、災難が起ると書いてあったのです。わざと悪いところを一ヶ所作った鬼門が裏目に出るのか？　私は予感に怯えました。

前にも書いたのですが「だめじゃないか」と、子供部屋で泣いていた私に一言だけ言ったあと、ふし穴の眼のあなたは、そのあとにつづく娘の転落を見なかったのでした。家相の凶どおり、私が二十歳の時に孕《はら》んだ赤ん坊と、父上が死にました。藤棚の藤の甘い香りに蜂がむらがっていました。むらがる蜂は私を追い出し、ありもしない遺産を狙った親族の姿でもありました。外観は東ヨーロッパ風の目立つ家でしたが、不思議に暗くて怖い家でした。あの家は祖母の意志で、親族に住まわせ、その代償として、妹の世話を終身見る条件だったのに施設に入れてしまったのです。

残念なことにあの家は五月の東京最後の空襲で全焼しました。すぐ隣りの家は火を消し止めて無事だったので、もし私が住んでいれば、焼けるのを防げたのではないかと、残念でした。私は結婚祝いをはじめ、父からもらった一枚の債券まで取り上げられ、無一文で家を出されたのでした。でも父との思い出のギターやマンドリン、ミシン、本等少しは持って出たので、後に「朔太郎記念館」に、すべて寄贈して喜ばれました。

いま思うと、あの家は焼けて良かったのです。あの家で起った悲劇はあとになって『蕁麻の家』という小説で再現されたのですから。

祖母が読んだとすれば「家の恥を晒《さら》した」と、激怒の余り心筋梗塞か、心不全で即死したでしょう。祖母が、命より大切にしていた「家名の尊重」は風化し、女の貞操の価値観も変り、淫乱という言葉さえ死語となり、性の自由な時代となりました。

祖母に四六時中、重石《おもし》で頭をたたかれるように「淫乱な嫁とそっくりの淫乱なことをした」と、蔑まれましたが、淫乱というのは祖母にとって「家名を穢す」ことだったのです。それでは家名とは、祖母にとって何だったのか。

長男の父が医者の後を継がず、収入もなく役立たずの詩人になんかなってと、いつも祖父母は本気で怒っていたので、父上が第一号の家名を穢した本人だったのです。そして母が第二、私が第三の罪人となって登場したのです。おまけに妹までが智恵遅れという身になって四人めの仕上げと、良く出来た脚本では、ありませんか。

父上に『蕁麻の家』の感想を聞きたいのですが、やはり「当っている」でしょうか。

そういえば一つだけ「お父さま」に自慢したいのは、小説家の川崎長太郎が、うれしいことに父上の例の『氷島』より、はるかに点数が上だと言ってくれたのです。はじめにも書いたように私は『氷島』は好きでないので「やった！」と思いましたが、これも大仏様のハエですか。私が髪ふり乱して頑張っても、今度は頭上にいる父上が重石となって邪魔しているので、困ります。

私は、永遠に祖母の言う、いらない存在の虫ケラ以下の人間にすぎないのか。いいえ、いまの私は負け犬ではありません。虫ケラ以下でも居候でもありません。歪んだ半生を見返すために文学という仕事で頑張って生きています。

室生犀星が『父・萩原朔太郎』のあとがきに「葉子、これらの小説風な文章というものが、君のお父さんには書こうとして心がけていて書けなかった物だ」と書いてくれて、満更ダメでもないと、思ってます。もともとノートに感想文を書いていたくらいですから、書くことは嫌いではないのです。仕事で多忙を極めている時も苦しくありません。愛されて育ってきたのでは、書くことがなかったので、いまでは祖母にも感謝しているのです。

『蕁麻の家』の続篇『閉ざされた庭』には、暖かい家庭を作ることが夢で結婚して働きぬいたものの、うまくゆかなかった十年間の苦闘の日々を書きました。そして離婚したあと、文筆で暮すという明るい人生が開け、母と妹のめんどうをみながら地獄の谷を這い上り、遅くても老いても自由を手に入れ、そこへダンスで健康と若さを保ち、百歳まで青春を目指して執筆とダンスで生きる大きな展開を『輪廻の暦』で書きました。

そういえば、父上もダンスを踊りましたね。昭和の初年、日本に社交ダンスが初めて入った時です。新しもの好きのあなたは、いち早く家庭へ取り入れました。それはよいのですが「夫婦の倦怠を新鮮にするために」などと、父上らしくない俗っぽい考えで二階の畳でダンスパーティーを開き、子供の私は早く寝かされました。手巻きの朝顔型ラッパ蓄音器で「君恋し」や「銀座の柳」をザラザラと踊っていたのを、覚えています。

室生犀星には顰蹙《ひんしゅく》を買いましたが、宇野千代は常連客の中でも特に熱心に通って来て、ずっと後に私のダンスを見てくれた時には、決まって父上との社交ダンスの思い出話をしました。そして私のダンスへの熱入れと効用に感心してくれました。私のダンスは、父上の「夫婦の倦怠云々」とは反対の、病後の健康回復のために始めたのでしたが、いろいろのダンスを正式に習い、現在は家の半地下にダンススタジオを作り、個人レッスンを受けています。父上が私を早く寝かせて踊った曲や、女学生の時、唯一楽しかった思い出——父上のギターと私のマンドリンで二重奏した古賀メロディ、「影を慕いて」「丘を越えて」等をデュエットで踊ります。

そして七十代に入ってから、子供の時お父さまとサーカスで見たようなアクロバット入りデュエットダンスに挑戦し、今では本が出版される度に、家でパーティーを開き、来客を驚かしたり、感心させたりが生き甲斐になっているのです。

これは、さすがの父上も、逆立ちしても出来ないことでしょうから、ダンスでは私が勝ちました。ダンスのおかげで健康になって、もう三十数冊の本を出しました。

室生犀星は「文学というものは書かない前はうじむしで、書けば蝶々になる」とも書いてくれました。遅い出発で蝶になって自由に飛べるようになったのでした。私に出来ない事は、母のように恋をすることです。

最後に聞きたいのですが、父上がまだ母と一緒に暮していた頃、いつも家には犬がいましたが、『月に吠える』という詩集もありますし、父上は犬が好きだったのですか。私も、犬を飼う暮しをずっと続けて来ましたが、十年くらい前から黒猫を飼っています。毛の艶も良く、なかなかの美人なのです。

子供の時、父上は私の絵をとても賞めてくれましたが、連載のエッセイに猫の絵をつけるように頼まれたのがきっかけで、近年はオブジェ創りも始めています。猫がモチーフの個展では、黒猫がモデルになってくれます。これも好評で「書いて、創って、踊る作家」と、言われます。

父上は一度も猫を飼ったり、仔猫を拾って来たりしたことはなく、猫の話もしませんでしたが、猫の散文詩や、詩が多いのは、何故ですか。

まつくろけの猫が二疋、
なやましいよるの家根のうへで、
ぴんとたてた尻尾のさきから、
糸のやうなみかづきがかすんでゐる。
『おわあ、こんばんは』

『おわあ、こんばんは』
『おぎやあ、おぎやあ、おぎやあ』
『おわああ、ここの家の主人は病気です』
（「猫」『月に吠える』より）

二疋の黒猫の尻尾の先と、みかづきとの関連が、さっぱり分らないのですが、おわあああと鳴いての結論は、ここの家の主人は病気です、で終る。そこだけは、よく分ったのです。

近所の家にオスの黒猫がいて、家のスタジオの屋根の上に登って、おわあ、おわあああと、へんな声で鳴いているからです。家の黒猫に求愛しているのか、それとも主人、つまり私がおかしいので病人ではないかと、訴えているのか？　と思うのですが、私はダンスで身体は健康なので、病気だとすれば頭の悪い病気ですね。父上の病気とは内容が違うと思うのですが、「当っていますか」。

これで「お父さま」への長い手紙を、終ります。愚にもつかないことを、だらだらと、ごめんなさい。この続きは、次の小説で書こうと思っています。

一九九八・九・四　葉子

〔1998年『蕁麻の家　三部作』所収〕

P+D BOOKS ラインアップ

大陸の細道　木山捷平　●世渡り下手な中年作家の満州での苦闘を描く

変容　伊藤 整　●老年の性に正面から取り組んだ傑作長編

若い詩人の肖像　伊藤 整　●詩人の青春期の成長と彷徨記す自伝的小説

好きな女の胸飾り　舟橋聖一　●若き妻と学生を接近させる夫の屈折した心理

淡雪　川崎長太郎　●私小説家の〝いぶし銀〟の魅力に満ちた9編

女のいる自画像　川崎長太郎　●私小説作家が語る様々な女たちとの交情

P+D BOOKS ラインアップ

遠い地平・劉廣福　八木義徳　●悔恨と哀しみに満ちた若き日々を回想する

冬の宿　阿部知二　●映画化もされた戦前のベストセラー作品

天上の花・蕁麻の家　萩原葉子　●萩原朔太郎の娘が描く鮮烈なる代表作2篇

閉ざされた庭　萩原葉子　●自伝的長編で描かれる破局へ向かう結婚生活

輪廻の暦　萩原葉子　●作家への道を歩み出す嫩。自伝小説の完結編

海軍　獅子文六　●「軍神」をモデルに描いた海軍青春群像劇

（お断り）

本書は1998年に新潮社より発刊された『蕁麻の家　三部作』を底本としております。あきらかに間違いと思われるものについては訂正いたしましたが、基本的には底本にしたがっております。また、一部の固有名詞や難読漢字には編集部で振り仮名を振っています。

本文中には智恵遅れ、犬畜生、片輪、お手伝い、女中、引っ越し屋、大工、黒い赤ん坊、スチュワーデス、白痴、八百屋、魚屋、タバコ屋、痴呆症、乞食、姦通の娘、ウエイトレス、看護婦、河原乞食、女主人、母なし子、奴、めくら縞などの言葉や人種・身分・職業・身体等に関する表現で、現在からみれば、不当、不適切と思われる箇所がありますが、著者に差別的意図のないこと、時代背景と作品価値とを鑑み、著者が故人でもあるため、原文のままにしております。

差別や侮蔑の助長、温存を意図するものでないことをご理解ください。

萩原葉子（はぎわら ようこ）
1920年（大正９年）９月４日—2005年（平成17年）７月１日、享年84。東京都出身。1959年『父・萩原朔太郎』（第８回日本エッセイスト・クラブ賞受賞）でデビュー。代表作に『蕁麻の家』『閉ざされた庭』など。

P+D BOOKS とは

P+D BOOKS（ピー プラス ディー ブックス）とは
P+Dとはペーパーバックとデジタルの略称です。
後世に受け継がれるべき名作でありながら、現在入手困難となっている作品を、
B6判ペーパーバック書籍と電子書籍を、同時かつ同価格で発売・発信する、
小学館のまったく新しいスタイルのブックレーベルです。

輪廻の暦

2022年2月15日　初版第1刷発行

著者　萩原葉子
発行人　飯田昌宏
発行所　株式会社　小学館
〒101-8001
東京都千代田区一ツ橋2-3-1
電話　編集　03-3230-9355
販売　03-5281-3555
印刷所　大日本印刷株式会社
製本所　大日本印刷株式会社
装丁　おおうちおさむ（ナノナノグラフィックス）

ISBN978-4-09-352433-9

P+D BOOKS